老舍
LAOSHE

老舍 著

郑榕 蓝天野 等 朗读

关纪新 解读

中国国际广播出版社

图书在版编目（CIP）数据

爱听老舍：名家朗读珍藏版 / 老舍著. — 北京：中国国际广播出版社，2019.9
ISBN 978-7-5078-4518-1

Ⅰ.①爱… Ⅱ.①老… Ⅲ.①散文集－中国－现代 Ⅳ.①I266

中国版本图书馆CIP数据核字（2019）第169203号

爱听老舍：名家朗读珍藏版

著　　者	老　舍
朗　　读	郑　榕　蓝天野　等
解　　读	关纪新
责任编辑	梁　媛　李　卉
版式设计	国广设计室
责任校对	张　娜

出版发行	中国国际广播出版社 ［010-83139469　010-83139489（传真）］
社　　址	北京市西城区天宁寺前街2号北院A座一层 邮编：100055
网　　址	www.chirp.com.cn
经　　销	新华书店
印　　刷	北京汇瑞嘉合文化发展有限公司

开　　本	880×1230　1/32
字　　数	130千字
印　　张	8
版　　次	2019 年 10 月　北京第一版
印　　次	2019 年 10 月　第一次印刷
定　　价	68.00元（含mp3光盘）

欢迎关注本社新浪官方微博
官方网站 www.chirp.cn

版权所有
盗版必究

序言

在我父亲老舍诞辰120周年之际,中国国际广播出版社出版了这本《爱听老舍:名家朗读珍藏版》。"珍藏"两个字可谓实至名归。

首先,书中的八篇老舍作品全部是由当今话剧、影视界杰出的表演艺术家朗读的。这些艺术家朗诵的老舍作品能够借此机会保留下来并得以流传,非常难能可贵,也算实现了我个人多年的愿望。这个想法源于2004年,当时老舍纪念馆在北京市文物局礼堂举办"老舍作品国外译本"展览开幕式,邀请了北京人民艺术剧院的老演员们朗诵我父亲的作品。印象最深刻的是郑榕先生朗读的《断魂枪》。确切地说,当时他不是读,而是背,而且他背诵了全文。随着他声音的高低、急缓、轻重,《断魂枪》的故事充分而生动地展现在大家眼前,尤其是那些比武、耍枪的情节,仿佛从他的声音里活了起来。我感觉我不是在听朗诵,而是在看戏、看电影。

我心想：朗读竟然也可以如此美妙。可惜当时没有录音或者录像，这么精彩的朗诵不能让更多的人欣赏到。于是我就希望能够请像郑榕先生这样的老艺术家朗诵父亲的其他作品，并录制成光碟。现在，这个愿望终于实现了。郑榕先生今年已经95岁高龄了，当录制组请他再次朗读《断魂枪》时，他遗憾地说他现在已经不能背诵了，但他的声音和朗读时的气力依旧不减当年，我能在15年后再次听他朗读《断魂枪》，这是一件非常荣幸的事。

  这本书的朗诵者都出演过多部老舍话剧或老舍作品改编的戏剧和影视作品。比如郑榕先生，他是话剧《龙须沟》里的赵老头，也是话剧《茶馆》里的常四爷。蓝天野先生是话剧《茶馆》里的秦二爷。李滨女士演过话剧《龙须沟》里的二春和话剧《茶馆》里的小太监。雷恪生先生出演过话剧《老舍五则》和话剧《四世同堂》。斯琴高娃女士出演过电影《骆驼祥子》里的虎妞，也是电影和话剧《月牙儿》里的母亲。濮存昕先生是人艺第二版《茶馆》里的常四爷。方旭先生被称为"老舍戏剧专业户"，他改编和主演了话剧《离婚》《我这一辈子》《猫城记》《二马》等多部作品。黄磊先生是第二版电视剧《四世同堂》和话剧《四世同堂》里的祁瑞宣。他们都有着深厚的台词功底、极丰富的表演经验和高超的朗诵能力。他们熟悉老舍作品，更热爱老舍作品。他们这次的朗诵不仅饱含感情而且特别认真。比如斯琴高娃很爱《月牙儿》这篇小说，虽然她已经熟知这部作品，为了这次录制《月牙儿》，她依旧下了很大的功夫。她反反复复排练了很多遍，在诵读脚本上注满了各种各样的符号，像歌唱者的五线谱。录制时，她把自己完全融进了角色里，边念边流泪，周围的工作人员深受感染，无不动容。这本老舍作品朗读珍藏版真可谓是一场声音的盛宴。

除了几位表演艺术家的朗读，这本书还收录了我父亲20多岁时朗诵课本的声音片段。1926年他在英国伦敦大学东方学院教书时，曾为英国灵格风公司编写汉语教材《言语声片》并朗读中文课文。本书收录的片段是从《言语声片》第二卷中截取下来的。大家可以听到二十多岁的老舍的声音。那时他的声音响亮而高亢，较他晚年为剧院读剧本时那种低沉、浑厚的声音有不小的差别。但无论声音是年轻还是年迈，他在朗诵时咬字一贯都是非常清楚的，而且语调很舒缓、沉稳，能够准确地表达作品的内容。

父亲老舍非常重视朗读。晚年时，他有时会在家里朗诵英文小说。朗读其实是他创作的关键步骤。他曾在《关于文学创作中的语言问题》（见《老舍全集》17卷 p.689-694）

中写道："……我自己，一篇短文要写三四天，写好以后，屡屡修改，朗读数次，有不顺口的句或字就改，越改越浅显，改到清楚顺口为止。""写东西要简明，少而精。"父亲能成为文学语言大师，离不开朗读。通过朗读斟字酌句，从而达到语句简短，明白易懂。因此，父亲的作品特别朗朗上口，也非常适合朗读。希望大家在看老舍作品时不妨试着念出声来，一定会感受到与阅读不一样的风味，会对作品有更深的理解。本书中的朗诵者们为大家提供了再好不过的范例。

在此，我深深感谢每一位参与录制的表演艺术家、出版社的领导和责任编辑以及每一位工作人员。还要特别感谢关纪新先生。关先生是中国老舍研究会的前任会长。他为每一段诵读做了精彩的点评。谢谢你们，是你们让老舍作品诵读这份珍贵的文化积累得以珍藏，得以传播。

舒济

2019 年 4 月 24 日

纪念老舍先生诞辰 120 周年

经典恒久远,声音永流传

1926年老舍先生在英国伦敦的寓所
图片提供：老舍纪念馆

1926年，老舍在英国伦敦大学东方学院教书时，为英国灵格风公司编写并录制了汉语教材《言语声片》。本书收录了第二卷第二十九课的片段。
（本图片是改版后的新教材，由老舍纪念馆提供）

Text of the Lesson.

第二十九課
阿剌伯人和他的駱駝

The Story.

前天我到張家去,小孩子們都在家游戲呢,他們看見了我,就把我圍起來,叫我說笑話給他們聽,我告訴他們我真沒有笑話,他們拉住我不放手,我沒法子,只好想了半天,給他們說了個老笑話。

有一回一個阿剌伯人坐在帳棚裏邊,他的駱駝在外邊睜着大眼睛往裏面看。

駱駝說主人哪,外面真冷,我可以把我的腦袋伸進來嗎。

阿剌伯人說歡迎歡迎,請進來吧。

於是駱駝就把頭伸進去了。

過了一會兒駱駝又說,主人哪,我可以把脖子也伸進來得些暖氣兒吧。

阿剌伯人說可以可以。

駱駝又把脖子慢慢的伸進去了。

這時候駱駝往四面一看,又向牠的主人說假如我把我的前脚伸進來,也不過多佔上很小的一點地方。

這座帳棚本來是很小的,可是那個阿剌伯人的度量很大,他聽見駱駝這麼說,就稍微往後面移動一點,讓駱駝把前脚伸進來。

待了一會兒,駱駝又說,天氣真冷呀,叫我的全身都進來吧。

阿剌伯人說天氣既然這麼冷,全身進來也可以。

001	019	031	041	071
断魂枪	想北平	龙须沟	上任	月牙儿
郑榕 朗读	蓝天野 朗读	李滨 朗读	雷恪生 朗读	斯琴高娃 朗读
壹	贰	叁	肆	伍

目录

117 我的母亲
濮存昕 朗读
陆

133 我这一辈子
方旭 朗读
柒

223 四世同堂
黄磊 朗读
捌

238 编后记
今天，我们完成了一个心愿

壹

断魂枪

郑榕 朗读

郑榕

Zheng Rong

1924 年出生于安徽省定远县。毕业于国立艺术专科学校，北京人民艺术剧院话剧表演艺术家。1953 年，《龙须沟》中赵大爷一角的塑造奠定了他的现实主义创作道路。

郑榕参演过《雷雨》《长征》《龙须沟》《茶馆》《智取威虎山》《武则天》等戏剧，扮演重要的角色，形成苍劲、浑厚的表演风格。郑榕曾随《茶馆》剧组赴西德、法国和瑞士等国家演出。

《茶馆》获得过中国电影金鸡奖特别奖、文化部优秀影片奖特别奖。2017 年第七届国际戏剧"学院奖"授予郑榕终身成就奖。

图片提供：北京人民艺术剧院戏剧博物馆

断魂枪

《 我和老舍先生相识于1952年,当时我饰演《龙须沟》里面的赵大爷;后来1956年出演老舍先生的《青年突击队》,我演郝支书;1958年出演《茶馆》里面的常四爷;1959年出演《女店员》里面的尤师傅。因为演了很多的戏,也就和老舍先生慢慢熟悉了。《断魂枪》是后来在老舍家一次晚会上读过的片段,当时老舍先生不在了,是老舍先生的夫人主持的这次晚会。

为了纪念老舍先生诞辰120周年,我给大家朗诵一段《断魂枪》。因为我年纪有点大了,气力也不是那么足了,所以我就节选了一段,请大家谅解。 》

1979年版《茶馆》剧照,郑榕(右)饰常四爷
图片提供:北京人民艺术剧院戏剧博物馆

断魂枪

"生命是闹着玩,事事显出如此;从前我这么想过,现在我懂得了。"

沙子龙的镖局已改成客栈。

东方的大梦没法子不醒了。炮声压下去马来与印度野林中的虎啸。半醒的人们,揉着眼,祷告着祖先与神灵;不大会儿,失去了国土、自由与主权。门外立着不同面色的人,枪口还热着。他们的长矛毒弩,花蛇斑彩的厚盾,都有什么用呢;连祖先与祖先所信的神明全不灵了啊!龙旗的中国也不再神秘,有了火车呀,穿坟过墓破坏着风水。枣红色多穗的镖旗,绿鲨皮鞘的钢刀,响着串铃的口马,江湖上的智慧与黑话,义气与声名,连沙子龙,他的武艺、事业,都梦似的变成昨夜的。今天是火车、快枪,通商与恐怖。听说,有人还要杀下皇帝的头呢!

这是走镖已没有饭吃,而国术还没被革命党与教育家提倡起来的时候。

谁不晓得沙子龙是短瘦、利落、硬棒,两眼明得像霜夜的大星?可是,现在他身上放了肉。镖局改了客栈,他自己在后小院占着三间北房,大枪立在墙角,院子里有几只楼鸽。只是在夜间,他把小院的门关好,熟习熟习他的"五虎断魂枪"。这条枪与这套枪,二十年的工夫,在西北一带,给他创出来:"神枪沙子龙"五个字,没遇见过敌手。现在,这条枪与这套枪不会再替他增光显胜了;只是摸摸这凉、滑、硬而发颤的杆子,使他心中少难过一些而已。只有在夜间独自拿起枪来,才能相信自己还是"神枪沙"。在白天,他不大谈武艺与往事;他的世界已被狂风吹了走。

在他手下闯练起来的少年们还时常来找他。他们大多数是没落子的,都有点武艺,可是没地方去用。有的在庙会上去卖艺:踢两趟腿,练套家伙,翻几个跟头,附带着卖点大力丸,混个三吊两吊的。有的实在闲不起了,去弄筐果子,或挑些毛豆角,赶早儿在街上论斤吆喝出去。那时候,米贱肉贱,肯卖膀子力气本来可以混个肚儿圆;他们可是不成:肚量既大,而且得吃口当事儿的;干饽饽辣饼子咽不下下。

况且他们还时常去走会：五虎棍，开路，太狮少狮……虽然算不了什么——比起走镖来——可是到底有个机会活动活动，露露脸。是的，走会捧场是买脸的事，他们打扮的得像个样儿，至少得有条青洋绉裤子，新漂白细市布的小褂，和一双鱼鳞洒鞋——顶好是青缎子抓地虎靴子。他们是神枪沙子龙的徒弟——虽然沙子龙并不承认——得到处露脸，走会得赔上俩钱，说不定还得打场架。没钱，上沙老师那里去求。沙老师不含糊，多少不拘，不让他们空着手儿走。可是，为打架或献技去讨教一个招数，或是请给说个"对子"——什么空手夺刀，或虎头钩进枪——沙老师有时说句笑话，马虎过去："教什么？拿开水浇吧！"有时直接把他们逐出去。他们不大明白沙老师是怎么了，心中也有点不乐意。

可是，他们到处为沙老师吹腾，一来是愿意使人知道他们的武艺有真传授，受过高人的指教；二来是为激动沙老师：万一有人不服气而找上老师来，老师难道还不露一两手真的么？所以：沙老师一拳就砸倒了个牛！沙老师一脚把人踢到房上去，并没使多大的劲！他们谁也没见过这种事，但是说着说着，他们相信这是真的了，有年月，有地方，千真万确，敢起誓！

王三胜——沙子龙的大伙计——在土地庙拉开了场子，

摆好了家伙。抹了一鼻子茶叶末色的鼻烟,他抡了几下竹节钢鞭,把场子打大一些。放下鞭,没向四围作揖,叉着腰念了两句:"脚踢天下好汉,拳打五路英雄!"向四围扫了一眼:"乡亲们,王三胜不是卖艺的;玩艺儿会几套,西北路上走过镖,会过绿林上的朋友。现在闲着没事,拉个场子陪诸位玩玩。有爱练的尽管下来,王三胜以武会友,有赏脸的,我陪着。神枪沙子龙是我的师傅;玩艺地道!诸位,有愿下来的没有?"他看着,准知道没人敢下来,他的话硬,可是那条钢鞭更硬,十八斤重。

王三胜,大个子,一脸横肉,努着对大黑眼珠,看着四围。大家不出声。他脱了小褂,紧了紧深月白色的"腰里硬",把肚子杀进去。给手心一口唾沫,抄起大刀来:

"诸位,王三胜先练趟瞧瞧。不白练,练完了,带着的扔几个;没钱,给喊个好,助助威。这儿没生意口。好,上眼!"

大刀靠了身,眼珠努出多高,脸上绷紧,胸脯子鼓出,像两块老桦木根子。一跺脚,刀横起,大红缨子在肩前摆动。削砍劈拨,蹲越闪转,手起风生,忽忽直响。忽然刀在右手心上旋转,身弯下去,四围鸦雀无声,只有缨铃轻叫。刀顺过来,猛地一个"跺泥",身子直挺,比众人高着一头,黑塔似的。收了势："诸位！"一手持刀，一手叉腰，看着四围。稀稀地扔下几个铜钱，他点点头。"诸位！"他等着，等着，地上依旧是那几个亮而削薄的铜钱，外层的人偷偷散去。他咽了口气："没人懂！"他低声地说，可是大家全听见了。

"有功夫！"西北角上一个黄胡子老头儿答了话。

"啊？"王三胜好似没听明白。

"我说：你——有——功——夫！"老头子的语气很不得人心。

放下大刀，王三胜随着大家的头往西北看。谁也没看重这个老人：小干巴个儿，披着件粗蓝布大衫，脸上窝窝瘪瘪，眼陷进去很深，嘴上几根细黄胡，肩上扛着条小黄草辫子，有筷子那么细，而绝对不像筷子那么直顺。王三胜可是看出这老家伙有功夫，脑门亮，眼睛亮——眼眶虽深，眼珠可黑得像两口小井，深深地闪着黑光。王三胜不怕：他看得出别人有功夫没有，可更相信自己的本事，他是沙子龙手下的大将。

"下来玩玩，大叔！"王三胜说得很得体。

点点头，老头儿往里走。这一走，四外全笑了。他的胳臂不大动；左脚往前迈，右脚随着拉上来，一步步地往前拉扯，身子整着，像是患过瘫痪病。蹭到场中，把大衫扔在地上，一点没理会四围怎样笑他。

"神枪沙子龙的徒弟，你说？好，让你使枪吧；我呢？"老头子非常地干脆，很像久想动手。

人们全回来了，邻场耍狗熊的无论怎敲锣也不中用了。

"三截棍进枪吧？"王三胜要看老头子一手，三截棍不是随便就拿得起来的家伙。

老头子又点点头，拾起家伙来。

王三胜努着眼，抖着枪，脸上十分难看。

老头子的黑眼珠更深更小了，像两个香火头，随着面前的枪尖儿转，王三胜忽然觉得不舒服，那俩黑眼珠似乎要把枪尖吸进去！四外已围得风雨不透，大家都觉出老头子确是有威。为躲那对眼睛，王三胜耍了个枪花。老头子的黄胡子一动："请！"王三胜一扣枪，向前躬步，枪尖奔了老头子的喉头去，枪缨打了一个红旋。老人的身子忽然活展了，将身微偏，让过枪尖，前把一挂，后把撩王三胜的手。拍，拍，两响，王三胜的枪撒了手。场外叫了好。王三胜连脸带胸口全紫了，抄起枪来；一个花子，连枪带人滚了过来，枪尖奔了老人的中部。老头子的眼亮得发着黑光；腿轻轻一屈，下把掩裆，上把打着刚要抽回的枪杆；拍，枪又落在地上。

场外又是一片彩声。王三胜流了汗，不再去拾枪，努着眼，木在那里。老头子扔下家伙，拾起大衫，还是拉拉着腿，可是走得很快了。大衫搭在臂上，他过来拍了王三胜一下："还得练哪，伙计！"

"别走！"王三胜擦着汗："你不离，姓王的服了！可有一样，你敢会会沙老师？"

"就是为会他才来的！"老头子的干巴脸上皱起点来，似乎是笑呢。"走；收了吧；晚饭我请！"

王三胜把兵器拢在一处，寄放在变戏法二麻子那里，陪着老头子往庙外走。后面跟着不少人，他把他们骂散。

"你老贵姓？"他问。

"姓孙哪，"老头子的话与人一样，都那么干巴。"爱练；久想会会沙子龙。"

沙子龙不把你打扁了！王三胜心里说。他脚底下加了劲，可是没把孙老头落下。他看出来，老头子的腿是老走着查拳门中的连跳步；交起手来，必定很快。但是，无论他怎么快，沙子龙是没对手的。准知道孙老头要吃亏，他心中痛快了些，放慢了些脚步。

"孙大叔贵处？"

"河间的，小地方。"孙老者也和气了些："月棍年刀一辈子枪，不容易见功夫！说真的，你那两手就不坏！"

王三胜头上的汗又回来了，没言语。

到了客栈，他心中直跳，唯恐沙老师不在家，他急于报仇。他知道老师不爱管这种事，师弟们已碰过不少回钉子，可是他相信这回必定行，他是大伙计，不比那些毛孩子；再说，人家在庙会上点名叫阵，沙老师还能丢这个脸么？

"三胜，"沙子龙正在床上看着本《封神榜》，"有事吗？"

三胜的脸又紫了，嘴唇动着，说不出话来。

沙子龙坐起来，"怎了，三胜？"

"栽了跟头！"

只打了个不甚长的哈欠，沙老师没别的表示。

王三胜心中不平，但是不敢发作；他得激动老师："姓孙的一个老头儿，门外等着老师呢；把我的枪，枪，打掉了两次！"他知道"枪"字在老师心中有多大分量。没等吩咐，他慌忙跑出去。

客人进来，沙子龙在外间屋等着呢。彼此拱手坐下，他叫三胜去泡茶。三胜希望两个老人立刻交了手，可是不能不沏茶去。孙老者没话讲，用深藏着的眼睛打量沙子龙。沙很客气：

"要是三胜得罪了你,不用理他,年纪还轻。"

孙老者有些失望,可也看出沙子龙的精明。他不知怎样好了,不能拿一个人的精明断定他的武艺。"我来领教领教枪法!"他不由地说出来。

沙子龙没接碴儿。王三胜提着茶壶走进来——急于看二人动手,他没管水开了没有,就沏在壶中。

"三胜,"沙子龙拿起个茶碗来,"去找小顺们去,天汇见,陪孙老者吃饭。"

"什么!"王三胜的眼珠几乎掉出来。看了看沙老师的脸,他敢怒而不敢言地说了声"是啦!"走出去,噘着大嘴。

"教徒弟不易!"孙老者说。

"我没收过徒弟。走吧,这个水不开!茶馆去喝,喝饿了就吃。"沙子龙从桌子上拿起青缎子褡裢,一头装着鼻烟壶,一头装着点钱,挂在腰带上。

"不,我还不饿!"孙老者很坚决,两个"不"字把小辫从肩上抡到后边去。

"说会子话儿。"

"我来为领教领教枪法。"

"功夫早搁下了,"沙子龙指着身上,"已经放了肉!"

"这么办也行,"孙老者深深地看了沙老师一眼:"不比武，教给我那趟五虎断魂枪。"

"五虎断魂枪？"沙子龙笑了："早忘干净了！早忘干净了！告诉你，在我这儿住几天，咱们各处逛逛，临走，多少送点盘缠。"

"我不逛，也用不着钱，我来学艺！"孙老者立起来，"我练趟给你看看，看够得上学艺不够！"一屈腰已到了院中，把楼鸽都吓飞起去。拉开架子，他打了趟查拳：腿快，手飘洒，一个飞脚起去，小辫儿飘在空中，像从天上落下来一个风筝；快之中，每个架子都摆得稳、准、利落；来回六趟，把院子满都打到，走得圆，接得紧，身子在一处，而精神贯串到四面八方。抱拳收势，身儿缩紧，好似满院乱飞的燕子忽然归了巢。

"好！好！"沙子龙在台阶上点着头喊。

"教给我那趟枪！"孙老者抱了抱拳。

沙子龙下了台阶，也抱着拳："孙老者，说真的吧；那条枪和那套枪都跟我入棺材，一齐入棺材！"

"不传？"

"不传！"

孙老者的胡子嘴动了半天，没说出什么来。到屋里抄起蓝布大衫，拉拉着腿："打搅了，再会！"

"吃过饭走！"沙子龙说。

孙老者没言语。

沙子龙把客人送到小门，然后回到屋中，对着墙角立着的大枪点了点头。

他独自上了天汇，怕是王三胜们在那里等着。他们都没有去。

王三胜和小顺们都不敢再到土地庙去卖艺，大家谁也不再为沙子龙吹腾；反之，他们说沙子龙栽了跟头，不敢和个老头儿动手；那个老头子一脚能踢死个牛。不要说王三胜输给他，沙子龙也不是"个儿"。不过呢，王三胜到底和老头子见了个高低，而沙子龙连句硬话也没敢说。"神枪沙子龙"慢慢似乎被人们忘了。

夜静人稀，沙子龙关好了小门，一气把六十四枪刺下来；而后，挂着枪，望着天上的群星，想起当年在野店荒林的威风。叹一口气，用手指慢慢摸着凉滑的枪身，又微微一笑，"不传！不传！"

再读《断魂枪》

关纪新

小说《断魂枪》，虽说只有寥寥五千余字，但所潜藏的文化寓意，让人们感到深难测底。

初读，人们会感慨"许多好技术，就因个人的保守，而失传了"这种表层的领会，似乎我们民族许多久来相袭的宝贵文化，只是丧失在某些人自我保守和封闭上；进一步寻味，则又不难体悟，沙子龙保守，责任当不在其个人，是那作品中勾勒的时代特征——"今天是火车、快枪，通商与恐怖"，——无可逆转地劫夺了"断魂枪"存在的实用价值。精湛绝伦的古国传统武术，在现代人类的武器、战法经历了飞跃性的全盘改造后，旧有的搏杀权威已被否定，世代的草莽传奇就此匆匆谢幕，烟消云散，虽然是极端令人伤情；假如读者再深入探问究里，则会想见，同是新旧文化的折冲嬗替，这"断魂枪"法的主人沙子龙，丝毫看不出他哪怕起码是在心劲儿上的抗争，他俨然早就心宽气宏地接纳了命运的陡变。作家运笔之精妙,恰在此处,从沙子龙口中连连喊出的"不传",明示世人,他业已参透一切并重新拿定方寸,绝不去跟迎面压过来的时势较真用气,这就绝不是常人所能修养到的境界。当我们捕捉到这条思路,便可以恍然想到,我们确曾有着为数不多的文化人,他们面临眼前文化百相的风云倾覆,胸中虽郁结过层层叠叠的文化块垒,并在偌长时间孜孜求索,但是,他们毕竟依赖于个人的悟性,艰难地跨越了心理极限,获取了一双冷眼,一份静心,进而借用历史老人的心肠,来领略和透视大千文化的嬗替蜕变。沙子龙是作家比照着这种心态,塑造的甘为旧有美质文化而浴血殉道的末路英豪,他决计要刚毅地迎纳现实的轰击和毁灭,走上与心中那历史性的完美事物共相厮守的终极之路,而把不尽的哀伤悲凉,一股脑地留给未达到相应顿悟的芸芸世人。

贰

想北平

蓝天野 朗读

蓝天野

Lan Tianye

　　1927年生于河北省。1952年，参加组建北京人民艺术剧院，任专职导演兼演员，现任北京人艺艺委会顾问。出演《茶馆》中的秦二爷、《北京人》中的曾文清、《蔡文姬》中的董祀等约70个角色。导演《贵妇还乡》《吴王金戈越王剑》等10多部戏；参与《茶馆》《封神榜》《渴望》等多部影视剧。

　　曾获中国话剧金狮荣誉奖、中国戏剧终身成就奖、全国德艺双馨终身成就奖、中戏学院奖（表演奖）终身成就奖。

》》老舍先生是中国近代文学史上杰出的作家。他在解放以前主要写小说,从新中国成立以后,写的最多的就是剧本了。我们北京人艺演了很多老舍先生的剧本,其中的代表作就是《茶馆》,我出演过剧中的秦二爷。

　　老舍先生的经典之作《茶馆》是中国话剧第一次走出国外去演出的经典剧目。当然,老舍先生也写过很多散文,他还创建了曲剧,还写了快板,是一位伟大的多产作家。今年是老舍先生诞辰120周年,我给大家读一篇老舍先生的经典散文作品《想北平》。》》

1979年版《茶馆》剧照,蓝天野(右)饰秦二爷
图片提供:北京人民艺术剧院戏剧博物馆

想北平

设若让我写一本小说,以北平作背景,我不至于害怕,因为我可以捡着我知道的写,而躲开我所不知道的。让我单摆浮搁的讲一套北平,我没办法。北平的地方那么大,事情那么多,我知道的真觉太少了,虽然我生在那里,一直到廿七岁才离开。以名胜说,我没到过陶然亭,这多可笑!以此类推,我所知道的那点只是"我的北平",而我的北平大概等于牛的一毛。

可是,我真爱北平。这个爱几乎是要说而说不出的。我爱我的母亲。怎样爱?我说不出。在我想作一件讨她老人家喜欢的时候,我独自微微地笑着;在我想到她的健康而不放心的时候,我欲落泪。言语是不够表现我的心情的,只有独自微笑或落泪才足以把内心揭露在外面一些来。我之爱北平也近乎这个。夸奖这个古城的某一点是容易的,可是那就把北平看得太小了。我所爱的北平不是枝枝节节的一些什么，而是整个儿与我的心灵相黏合的一段历史，一大块地方，多少风景名胜，从雨后什刹海的蜻蜓一直到我梦里的玉泉山的塔影，都积凑到一块，每一小的事件中有个我，我的每一思念中有个北平，这只有说不出而已。

真愿成为诗人，把一切好听好看的字都浸在自己的心血里，像杜鹃似的啼出北平的俊伟。啊！我不是诗人！我将永远道不出我的爱，一种像由音乐与图画所引起的爱。这不但是辜负了北平，也对不住我自己，因为我的最初的知识与印象都得自北平，它是在我的血里，我的性格与脾气里有许多地方是这古城所赐给的。我不能爱上海与天津，因为我心中有个北平。可是我说不出来！

伦敦，巴黎，罗马与堪司坦丁堡，曾被称为欧洲的四大"历史的都城"。我知道一些伦敦的情形；巴黎与罗马只是到过而已；堪司坦丁堡根本没有去过。就伦敦，巴黎，罗马来说，巴黎更近似北平——虽然"近似"两字要拉扯得很远——不过，假使让我"家住巴黎"，我一定会和没有家一样的感到寂苦。巴黎，据我看，还太热闹。自然，那里也有空旷静寂的地方，可是又未免太旷；不像北平那样既复杂而又有个边际，使我能摸着——那长着红酸枣的老城墙！面向着积水潭，背后是城墙，坐在石上看水中的小蝌蚪或苇叶上的嫩蜻蜓，我可以快乐地坐一天，心中完全安适，无所求也无可怕，像小儿安睡在摇篮里。是的，北平也有热闹的地方，但是它和太极拳相似，动中有静。巴黎有许多地方使人疲乏，所以咖啡与酒是必要的，以便刺激；在北平，有温和的香片茶就够了。

论说巴黎的布置已比伦敦罗马匀调得多了，可是比上北平还差点事儿。北平在人为之中显出自然，几乎是什么地方既不挤得慌，又不太僻静：最小的胡同里的房子也有院子与树；最空旷的地方也离买卖街与住宅区不远。这种分配法可以算——在我的经验中——天下第一了。北平的好处不在处处设备得完全，而在它处处有空儿，可以使人自由地喘气；不在有好些美丽的建筑，而在建筑的四围都有空闲的地方，使它们成为美景。每一个城楼，每一个牌楼，都可以从老远就看见。况且在街上还可以看见北山与西山呢！

好学的，爱古物的，人们自然喜欢北平，因为这里书多古物多。我不好学，也没钱买古物。对于物质上，我却喜爱北平的花多菜多果子多。花草是种费钱的玩艺，可是此地的"草花儿"很便宜，而且家家有院子，可以花不多的钱而种一院子花，即使算不了什么，可是到底可爱呀。墙上的牵牛，墙根的靠山竹与草茉莉，是多么省钱省事而也足以招来蝴蝶呀！至于青菜，白菜，扁豆，毛豆角，黄瓜，菠菜等等，大多数是直接由城外担来而送到家门口的。雨后，韭菜叶上还往往带着雨时溅起的泥点。青菜摊子上的红红绿绿几乎有诗似的美丽。果子有不少是由西山与北山来的，西山的沙果，海棠，北山的黑枣，柿子，进了城还带着一层白霜儿呀！哼，美国的橘子包着纸；遇到北平的带霜儿的玉李，还不愧杀！

是的，北平是个都城，而能有好多自己产生的花，菜，水果，这就使人更接近了自然。从它里面说，它没有像伦敦的那些成天冒烟的工厂；从外面说，它紧连着园林，菜圃与农村。采菊东篱下，在这里，确是可以悠然见南山的；大概把"南"字变个"西"或"北"，也没有多少了不得的吧。像我这样的一个贫寒的人，或者只有在北平能享受一点清福了。

好，不再说了吧；要落泪了，真想念北平呀！

再读《想北平》

关纪新

老舍心理上从来就有浓重的恋京情结。

1936年写下的《想北平》,不到2000字,所表达的情感,其真挚、深沉程度,异乎寻常。作者没有泛泛历数北平历史文化或者风光习俗的可供思怀,一落笔,便向属于自己的情感深井中开凿。"说而说不出",是老舍意欲书写自己与北平间那份情感时,一再使用的说法。一位多么擅长于语言表达的杰出写家,提到北平,竟然到了喑哑失语的地步,足见其动情之切和伤情之彻。北平对老舍来讲,不仅仅是一座古城和一方故土,不仅仅是"枝枝节节"的记忆,那是一生都将叠印在心头的、母亲般亲切可感的形象,那是与自我心灵"相黏合的一段历史",作家一提起它,就会本能地产生出子规啼血样的心理冲动。作家要写这篇文章遇到了严重的叙述障碍，那就是他所如此眷爱着的北平，跟他自身，有一个因时代关系而不可明言的中间介质——满民族，该概念在文章书写之际，还存有社会性的表达忌讳。作者迫不得已，只好用"爱母亲"来比拟爱北平的情感，只好用自己所爱的北平"是整个儿与我的心灵相黏合的一段历史"，来曲意地伸张胸臆间的蕴含。爱戴老舍的读者们，多是从老舍的一系列叙事作品中，直观感受到这位作家特别熟悉和善于表现北平（北京）城。有必要向更多读者推荐阅读《想北平》，让大家都能了解，作家心底深积着的这份热爱本民族、热爱民族故土的情感，才是他启动诸多创作活动的最初燃点。

叁

龙须沟

李滨 朗读

李滨

Li Bin

　　1929年生于北京市。北京人民艺术剧院演员。参演的话剧有《龙须沟》《骆驼祥子》《茶馆》等23部。电影有《顽主》《蓝风筝》《甲方乙方》《我的父亲母亲》《建国大业》《砚床》《卡拉是条狗》《梅兰芳》《玩酷青春》《飞越老人院》等30部。电视剧有《编辑部的故事》《张小五的春天》等34部。其中，《玩酷青春》曾先后于2010年、2011年和2012年分别获第十三届上海电影节传媒大奖、第二十八届合肥金鸡百花奖、第十一届澳门华语电影传媒大奖"最佳女配角"奖或提名奖。近八年来，义务为社区百姓培训并排演了话剧《龙须沟》《茶馆》（第3幕）《向日葵》等。

龙须沟

《 2月3日是老舍先生的诞生日,也是我们北京人艺话剧《龙须沟》首演的日子,我当时是21周岁刚过不久的青年,出演剧中的青年王二春。自此,老舍先生便直呼我"二姑娘"。

1966年的春天,有一次我去看河北梆子《山乡风云》,老舍见到我就问:"怎么来的?"我说:"坐公共汽车呀。"他说:"散了戏,坐我的车一块走。"不想,这很平常的一句话,时隔4个月,竟成了最后留给我的声音。

人艺,始于《龙须沟》,辉煌于《茶馆》,老舍是我们的长辈,又是人艺的朋友。今天,为了纪念老舍先生诞辰120周年,我读一段话剧首演版的《龙须沟》中程疯子的一段独白,这段独白经过焦先生排练,于是之精心的揣摩,在原剧作基础上形成并经老舍先生首肯。》

1953年版《龙须沟》剧照,李滨(左一)饰王二春
图片提供:北京人民艺术剧院戏剧博物馆

龙须沟
——程疯子独白

我走！我走！咱们惹不起还躲不起！

……我走，我走还不行吗？

赵大爷，四……四嫂子……

诸位邻居们，叫你们受惊了！是我连累了你们啦！谁叫我是个窝囊废呢？我没脸再待了。

我不连累人，我不闹哄。我走，我走，我走还不行吗？

我，我，我找咱四把弟去。叫四弟看看他程二哥受的这份罪，叫他替咱出出气！四把弟在哪呢？四把弟要是能替咱出气，也早就不会跟咱断了来往啦！……对，咱谁也不找。咱呀，给他个海角天涯，也总比这儿强。……走，走……走哪去？找个事做？哎哟，我不是不想出去做事，可谁瞧得起咱，想当初，咱不就是凭本事吃饭吗？可光有本事不行啊，得会拍，得会溜啊。咱不就是因为不肯低三下四巴结那些有势力的人，才栽了那么大的跟头吗？……哎，万般无奈，上道南边撂地去吧，咱还是凭本事挣钱吃饭，有钱大爷们，干脆给他个不伺候。

可谁知道啊，天桥这边溜的恶霸，他们也照样啊！那不是，一个没伺候周到，就给打了个半死儿，撂这天坛根上。我这是一个气呀，压根儿不出去了……你瞧我这个跟头栽的……我真恨不得有个墙缝儿都瞇进去，就怕见同行这 mo 子人，才把串唤断了，是由儿也就没了。你说，我是真没本事吗？谁知道，谁懂得，谁认识这匹好黄骠马呀?!

啊，都说我疯。我不疯啊！世道啊……起急啊，郁闷呐！

都说我懒得干活，那我就是不懒得干活，他那活可得轮上我干呐！瞧，就连瞇到这旮旯里，他还欺负到你头上，打到你脸上啊！咱惹不起，还躲不起吗？

娘子，我对不住你，这些年叫你一个妇道人家在外头混，你当我这当男子汉的心里不难受哇！可是，我能做什么呀？谁要咱呀？

娘子，你看我还能喝吗？……?

我呀,咳,我这一辈子就算完啦。

你说,想我这么一个人,就这么了啦?

人生一世,瞧多冤!瞧多屈!够多窝囊呀我?!

再读《龙须沟》

关纪新

在《龙须沟》的戏剧故事里，有个不朽的艺术形象，此人就是程疯子。他有一手顶顶漂亮的曲艺专长，还曾借此糊口，坑人的世道断了他的谋生之路，把他逼得神里神经的；他只能处处示弱，逆来顺受，但是，即便身居贫民窟，他还是身着长衫自重自爱，与周围的穷苦人打气质上就两样；他乐于助人，对孩子忒好，为了不让小妞子掉泪，脱了大褂就用它换了小金鱼；他善良惯了，连蚂蚁也不踩，翻身之后，他叫从前作践过自己的狗子伸手给他看，说："你的也是人手，这我就放心了！"足见出他长期受屈含冤之后，对人性和人道的渴盼。程疯子，在老舍笔下，是个十足的苦命人儿，又是先前作品中未曾让人们窥到过的"这一个"，他的出现，多少带有些耐人寻味的感觉。其原型，正是那时节京城里时常能够遇上的没落旗人。老舍在剧本初稿的人物提示中说起程疯子："原是有钱人，后因没落搬到龙须沟来"，透露了此人的身份端倪，演员于是之在扮演这个角色的时候，揣摩再三，终于在"把他定为旗人子弟"的创作基调拿稳之后，才解开了"神秘不凡的程疯子"的身世之谜，"才算对程疯子有了比较系统的认识"。老舍并不隐瞒他对程疯子和丁四的熟识来自早年间的切身记忆，他讲过："我写《龙须沟》如果从动笔写第一幕起，自然不长，要是从程疯子那件大褂，丁四那件短袄算起，那该是几十年了。"

肆

上任

雷恪生 朗读

雷恪生

Lei Quesheng

　　1936年生于山东省。1960年毕业于中央戏剧学院表演系，首批国家一级演员，享受国务院特殊津贴专家，现为中国国家话剧院退休演员。曾出演过《阿Q正传》等80多部话剧，《秋菊打官司》等60多部电影，《大宅门》等数百集电视剧。

　　曾荣获首届中国话剧金狮奖、国际戏剧"学院奖"、中国电视电影百合奖、上海电视节白玉兰奖、中国电影表演艺术协会特别荣誉奖、国剧盛典终身成就奖等多个国内外奖项。

上 任

》 上世纪 50 年代的时候,我很痴迷于老舍先生的戏,当时我还在学校住校。有一次,为了看老舍的戏,一宿没有睡。因为学校规定 8 点钟关大门,上完晚自习,我就偷偷地溜出来看戏了。戏结束之后,我也回不去了,我便开始在大街上溜达,一边想着演员的表演,一边想着我明天该怎么办。

老舍先生的《四世同堂》和《老舍五则》改编的话剧我演出过多场。《四世同堂》的顾问是老舍的长女舒济。《老舍五则》的艺术顾问是我的大师哥舒乙,他也是老舍的儿子,导演是我的小师弟林兆华。当时《老舍五则》为了参加香港的艺术节,便选在香港首演,没想到反响很好。

今年是老舍先生诞辰 120 周年,我给大家朗读一段小说《上任》的片段。》

2010 年版《四世同堂》剧照,雷恪生饰祁老爷子
图片提供:中国国家话剧院

上任

尤老二去上任。

看见办公的地方,他放慢了步。那个地方不大,他晓得。城里的大小公所和赌局烟馆,差不多他都进去过。他记得这个地方——开开门就能看见千佛山。现在他自然没心情去想千佛山;他的责任不轻呢!他可是没透出慌张来;走南闯北的多年了,他拿得住劲,走得更慢了。胖胖的,四十多岁,重眉毛,黄净子脸。灰哔叽夹袍,肥袖口;青缎双脸鞋。稳稳地走,没看千佛山;倒想着:似乎应当坐车来。不必,几个伙计都是自家人,谁还不知道谁;大可以不必讲排场。况且自己的责任不轻,干吗招摇呢。这并不完全是怕;青缎鞋,灰哔叽袍,恰合身分;慢慢地走,也显着稳。没有穿军衣的必要。腰里可藏着把硬的。自己笑了笑。

办公处没有什么牌匾;和尤老二一样,里边有硬家伙。

只是两间小屋。门开着呢，四位伙计在凳子上坐着，都低着头吸烟，没有看千佛山的。靠墙的八仙桌上有几个茶杯，地上放着把新洋铁壶，壶的四围趴着好几个香烟头儿，有一个还冒着烟。尤老二看见他们立起来，又想起车来，到底这样上任显着"秃"一点。可是，老朋友们都立得很规矩。虽然大家是笑着，可是在亲热中含着敬意。他们没因为他没坐车而看不起他。说起来呢，稽察长和稽察是作暗活的，活不惹耳目越好。他们自然晓得这个。他舒服了些。

尤老二在八仙桌前面立了会儿，向大家笑了笑，走进里屋去。里屋只有一条长桌，两把椅子，墙上钉着月份牌，月份牌的上面有一条臭虫血。办公室太空了些，尤老二想；可又想不出添置什么。赵伙计送进一杯茶来，飘着根茶叶棍儿。尤老二和赵伙计全没的说，尤老二擦了下脑门。啊，想起来了：得有个洗脸盆，他可是没告诉赵伙计去买。他得细细地想一下：办公费都在他自己手里呢，是应该公开地用，还是自己一把死拿？自己的薪水是一百二，办公费八十。卖命的事，把八十全拿着不算多。可是伙计们难道不是卖命？况且是老朋友们？多少年不是一处吃，一处喝；睡土窑子不是一同住大炕？不能独吞。赵伙计走出去，老赵当头目的时候，可曾独吞过钱？尤老二的脸红起来。刘伙计在外屋瞪了他一眼。老刘，五十多了，倒当起伙计来，三年前手里还有过五十支快枪！不能独吞。可是，难道白当头目？八十块大家分？再说，他们当头目是在山上。尤老二虽然跟他们不断地打联络，可是没正式上过山。这就有个分别了。他们，说句不好听的，是黑面上的；他是官。作官有作官的规矩。他们是弃暗投明，那么，就得官事官办。八十元办公费应当他自己拿着。可是，洗脸盆是要买的；还得来两条毛巾。

除了洗脸盆该买，还似乎得作点别的。比如说，稽察长看看报纸，或是对伙计们训话。应当有份报纸，看不看的，摆着也够样儿。训话，他不是外行。他当过排长，作过税卡委员；是的，他得训话；不然，简直不像上任的样儿。况且，伙计们都是住过山的，有时候也当过兵；不给他们几句漂亮的，怎能叫他们佩服。老赵出去了。老刘直咳嗽。必定得训话，叫他们得规矩着点。尤老二咳嗽了一声，立起来，想擦把脸；还是没有洗脸盆与手巾。他又坐下。训话，说什么呢？不是约他们帮忙的时候已经说明白了吗，对老赵老刘老王老褚不都说的是那一套么？"多年的朋友，捧我尤老二一场。我尤老二有饭吃，大家伙儿就饿不着；自己弟兄！"这说过不止一遍了，能再说么？至于大家的工作，谁还不明白——反正还不是用黑面上的人拿黑面上的人？这只能心照，不便实对实地点破。自己的饭碗要紧,脑袋也要紧。要真打算立功的话,拿几个黑道上的朋友开刀,说不定老刘们就会把盒子炮往里放。睁一眼闭一眼是必要的,不能赶尽杀绝;大家日后还得见面。这些话能明说么?怎么训话呢?看老刘那对眼睛,似乎死了也闭不上,帮忙是义气,真把山上的规矩一笔勾个净,作不到。不错,司令派尤老二是为拿反动分子。可是反动分子都是朋友呢。谁还不知道谁吃几碗干饭?难!

尤老二把灰哔叽袍脱了,出来向大家笑了笑。

"稽察长!"老刘的眼里有一万个"看不起尤老二","分派分派吧。"

尤老二点点头。他得给他们一手看。"等我开个单子。咱们的事儿得报告给李司令。昨儿个,前两天,不是我向诸位弟兄研究过?咱们是帮助李司令拿反动派。我不是说过:李司令把我叫了去,说,老二,我地面上生啊,老二你得来帮帮忙。我不好意思推辞,跟李司令也是多年的朋友。我这么一想,有办法。怎么说呢,我想起你们来。我在地面上熟哇,你们可知底呢。咱们一合作,还有什么不行的事!司令,我就说了,交给我了,司令既肯赏饭吃,尤老二还能给脸不兜着?弟兄们,有李司令就有尤老二,有尤老二就有你们。这我早已研究过了。我开个单子,谁管哪里,谁管哪里,合计好了，往上一报，然后再动手，这像官事，是不是？"尤老二笑着问大家。

老刘们都没言语。老褚挤了挤眼。可是谁也没感到僵得慌。尤老二不便再说什么，他得去开单子。拿笔刷刷地一写，他想，就得把老刘们唬背过气去。那年老褚绑王三公子的票，不是求尤老二写的通知书么？是的，他得刷刷地写一气。可是笔墨砚呢？这几个伙计简直没办法！"老赵，"尤老二想叫老赵买笔去。可是没说出来。为什么买东西单叫老赵呢？一来到钱上，叫谁去买东西都得有个分寸。这不是山上，可以马马虎虎。这是官事，谁该买东西去，谁该送信去，都应当分配好了。可是这就不容易，买东西有扣头，送信是白跑腿；谁活该白跑腿呢？"啊，没什么，老赵！"先等等买笔吧，想想再说。尤老二心里有点不自在。没想到作稽察长这么啰嗦。差事不算很甜；也说不上苦来。假若八十元办公费都归自己的话。可是不能都归自己，伙计们都住过山；手儿一紧，还真许尝个"黑枣"，是玩的吗？这玩艺儿不好办，作着官而带着土匪，算哪道官呢？不带土匪又真不行，专凭尤老二自己去拿反动分子？拿个屁！尤老二摸了摸腰里的家伙："哥儿们，硬的都带着哪？"

大家一齐点了点头。

"妈的怎么都哑巴了？"尤老二心里说。是什么意思呢？是不佩服咱尤老二呢，还是怕呢？点点头，不像自己朋友，不像；有话说呀。看老刘！一脸的官司。尤老二又笑了笑。有点不够官派，大概跟这群家伙还不能讲官派。骂他们一顿也许就骂欢喜了？不敢骂，他不是地道土匪。他知道他是脚踩两只船。他恨自己不是地道土匪，同时又觉得他到底高明，不高明能作官么？点上根烟，想主意，得喂喂这群家伙。办公费可以不撒手；得花点饭钱。

"走哇，弟兄们，五福馆！"尤老二去穿灰哔叽夹袍。

老赵的倭瓜脸裂了纹，好似是熟透了。老刘五十多年制成的石头腮帮笑出两道缝。老王老褚也都复活了，仿佛是。大家的嗓子里全有了津液，找不着话说也舔舔嘴唇。

到了五福馆，大家确是自己朋友了，不客气：有的要水晶肘，有的要全家福，老刘甚至于想吃锅爆鸡，而且要双上。吃到半饱，大家觉得该研究了。老刘当然先发言，他的岁数顶大。石头腮帮上红起两块，他喝了口酒，夹了块肘子，吸了口烟。"稽察长！"他扫了大家一眼："烟土，暗门子，咱们都能手到擒来。那反——反什么？可得小心！咱们是干什么的？伤了义气，可合不着。不是一共才这么一小堆洋钱吗？"

尤老二被酒劲催开了胆量:"不是这么说,刘大哥!李司令派咱们哥几个,就为拿反动派。反动派太多了,不赶紧下手,李司令就坐不稳;他吹了,还有咱们?"

"比如咱们下了手,"老赵的酒气随着烟喷出老远,"毙上几个,咱们有枪,难道人家就没有?还有一说呢,咱们能老吃这碗饭吗?这不是怕。"

"谁怕谁是丫头养的!"老褚马上研究出来。

"丫头泥养的!"老赵接了过来:"不是怕,也不是不帮李司令的忙。义气,这是义气!好尤二哥的话,你虽然帮过我们,公面私面你也比我们见的广,可是你没上过山。"

"我不懂?"尤老二眼看空中,冷笑了声。

"谁说你不懂来着?"葫芦嘴的王小四冒出一句来。

"是这么着,哥儿们,"尤老二想烹他们一下:"捧我尤老二呢,交情;不捧呢,"又向空中一笑,"也没什么。"

"稽察长,"又是老刘,这小子的眼睛老瞪着:"真干也行呀,可有一样,我们是伙计,你是头目;毒儿可全归到你身上去。自己朋友,歹话先说明白了。叫我们去掏人,那容易,没什么。"

尤老二胃中的海参全冰凉了。他就怕的是这个。伙计办下来的,他去报功;反动派要是请吃"黑枣"可也先请他!

但是他不能先害怕，事得走着瞧。吃"黑枣"不大舒服，可是报功得赏却有劲呢。尤老二混过这么些年了，哪宗事不是先下手的为强？要干就得玩真的！四十多了，不为自己，还不为儿子留下点什么？都像老刘们还行，顾脑袋不顾屁股，干一辈子黑活，连坟地都没有。尤老二是虚子，会研究，不能只听老刘的。他决定干。他得捧李司令。弄下几案来，说不定还会调到司令部去呢。出来也坐坐汽车什么的！尤老二不能老开着正步上任！

汤使人的胃与气一齐宽畅。三仙汤上来，大家缓和了许多。尤老二虽然还很坚决，可是话软和了些："伙计们，还得捧我尤老二呀，找没什么刺儿的弄吧——活该他倒霉，咱们多少露一手。你说，腰里带着硬的，净弄些个暗门子，算哪道呢？好啦！咱们就这么办，先找小的，不刺手的办，以后再说。办下来，咱们还是这儿，水晶肘还不坏，是不是？"

"秋天了，以后该吃红焖肘子了。"王小四不大说话，一说可就说到根上。

尤老二决定留王小四陪着他办公，其余的人全出去踩访。不必开单子了，等他们踩访回来再作报告。是的，他得去买笔墨砚和洗脸盆。他自己去买，省得有偏有向。应当来个书记，可是忘了和李司令说。暂时先自己写吧，等办下案来再要求添书记；不要太心急，尤老二有根。二爹的儿子，听说，会写字，提拔他一下吧。将来添书记必用二爹的儿子，好啦，头一天上任，总算不含糊。

只顾在路上和王小四瞎扯，笔墨砚到底还是没有买。办公室简直不像办公室。可是也好：刷刷地写一气，只是心里这么想；字这种玩艺刷刷地来的时候，说真的，并不多；要写哪个，哪个偏偏不在家。没笔墨砚也好。办什么呢，可是？应当来份报纸，哪怕是看看广告的图呢。不能老和王小四瞎扯，虽然是老朋友，到底现在是官长与伙计，总得有个分寸。门口已经站过了，茶已喝足，月份牌已翻过了两遍。再没有事可干。盘算盘算家事，还有希望。薪水一百二，办公费八十——即使不能全数落下——每月一百五可靠。慢慢地得买所小房。妈的商二狗，跟张宗昌走了一趟，干落十万！没那个事了，没了。反动派还不就是他们么？哪能都像商二狗，资资本本地看着？谁不是钱到手就迷了头？就拿自己说吧，在税卡子上不是也弄了两三万吗？都哪儿去了？吃喝玩乐的惯了，再天天啃窝窝头？受不了，谁也受不了！是的，他们——凭良心说，连尤老二自己——都盼着张督办回来，当然的。妈的，丁三立一个人就存着两箱军用票呢！张要是回来，打开箱子，老丁马上是财主！拿反动派，说不下去，都是老朋友。可是月薪一百二，办公费八十，没法儿。得拿！妈的脑袋掉了碗大的疤，谁能顾得了许多！各自奔前程，谁叫张大帅一时回不来呢。拿，毙几个！尤老二没上过山，多少跟他们不是一伙。

四点多了，老刘们都没回来。这三个家伙是真踩窝子去了，还是玩去了？得定个办公时间，四点半都得回来报告。假如他们干铲儿不回来，像什么公事？没他们是不行，有他们是个累赘，真他妈的。到五点可不能再等；八点上班，五点关门；伙计们可以随时出去，半夜里拿人是常有的事；长官可不能老伺候着。得告诉他们，不大好开口。有什么不好开口，尤老二你不是头目么？马上告诉王小四。王小四哼了一声。什么意思呢？

"五点了，"尤老二看了千佛山一眼，太阳光儿在山头上放着金丝，金光下的秋草还有点绿色。"老王你照应着，明儿八点见。"

王小四的葫芦嘴闭了个严。

第二天早晨，尤老二故意地晚去了半点钟，拿着点劲儿。万一他到了，而伙计们没来，岂不是又得为难？

伙计们却都到了，还是都低着头坐在板凳上吸烟呢。尤老二想揪过一个来揍一顿，一群死鬼！他进了门，他们照旧又都立起来，立起来得很慢，仿佛都害着脚气。尤老二反倒笑了；破口骂才合适，可是究竟不好意思。他得宽宏大量，谁叫轮到自己当头目人呢，他得拿出虚子劲儿，嘻嘻哈哈，满不在乎。

"嗨，老刘，有活儿吗？"多么自然，和气，够味儿；尤老二心中夸赞着自己的话。

"活儿有，"老刘瞪着眼，还是一脸的官司："没办。"

"怎么不办呢？"尤老二笑着。

"不用办，待会了他们自己来。"

"呕！"尤老二打算再笑，没笑出来。"你们呢？"他问老赵和老褚。

两人一齐摇了摇头。

"今天还出去吗？"老刘问。

"啊，等等，"尤老二进了里屋，"我想想看。"回头看了一眼，他们又都坐下了，眼看着烟头，一声不发，一群死鬼。

坐下，尤老二心里打开了鼓——他们自己来？不能细问老刘，硬输给他们，不能叫伙计小看了。什么意思呢，他们自己来？不能和老刘研究，等着就是了。还打发老刘们出去不呢？这得马上决定："嗨，老褚！你走你的，睁着点眼，听见没有？"他等着大家笑，大家一笑便是欣赏他的胆量与幽默；大家没笑。"老刘，你等等再走。他们不是找我来吗？咱俩得陪陪他们。都是老朋友。"他没往下分派，老王老赵还是不走好，人多好凑胆子。可是他们要出去呢，也不便拦阻；干这行儿还能不要玄虚么？等他们问上来再讲。老王老赵都没出声，还算好。"他们来几个？"话到嘴边上又咽了回去。反正尤老二这儿有三个伙计呢，全有硬家伙。他们要是来一群呢，那只好闭眼，走到哪儿说哪儿！

还没报纸！哪像办公的样！况且长官得等着反动派，太难了。给司令部个电话，派一队来，来一个拿一个，全毙！不行，别太急了，看看再讲。九点半了，"嗨，老刘，什么时候来呀？"

"也快，稽察长！"老刘这小子有点故意地看哈哈笑。"报！叫卖报的！"尤老二非看报不可了。

买了份大早报，尤老二找本地新闻，出着声儿念。非当当地念，念不上句来。他妈的女招待的姓别扭，不认识。别扭！当当，软一下，女招待的姓！

"稽察长！他们来了。"老刘特别地规矩。

尤老二不慌，放下姓别扭的女招待，轻轻地。"进来！"

摸了摸腰中的家伙。

进来了一串。为首的是大个儿杨；紧跟着花眉毛，也是傻大个儿；猴四被俩大个子夹在中间，特别显着小；马六，曹大嘴，白张飞，都跟进来。

"尤老二！"大家一齐叫了声。

尤老二得承认他认识这一群，站起来笑着。

大家都说话，话便挤到了一处。嚷嚷了半天，全忘记了自己说的是什么。

"杨大个儿，你一个人说；嗨，听大个儿说！"大家的意见渐归一致，彼此劝告："听大个儿的！"

杨大个儿——或是大个儿杨，全是一样的——拧了拧眉毛，弯下点腰，手按在桌上，嘴几乎顶住尤老二的鼻子："尤老二，我们给你来贺喜！"

"听着！"白张飞给猴四背上一拳。

"贺喜可是贺喜，你得请请我们。按说我们得请你，可是哥儿们这几天都短这个，"食指和拇指成了圈形。"所以呀，你得请我们。"

"好哥儿们的话啦，"尤老二接了过去。

"尤老二，"大个儿杨又接回去。"倒用不着你下帖，请吃馆子，用不着。我们要这个，"食指和拇指成了圈形。

"你请我们坐车就结了。"

"请坐车？"尤老二问。

"请坐车！"大个儿有心事似的点点头。"你看，尤老二，你既然管了地面，我们弟兄还能作活儿吗？都是朋友。你来，我们滚。你来，我们滚；咱们不能抓破了脸。你作你的官，我们上我们的山。路费，你的事。好说好散，日后咱们还见面呢。"大个儿杨回头问大家："是这么说不是？"

"对，就是这几句；听尤老二的了！"猴四把话先抢到。

尤老二没想到过这个。事情容易，没想到能这么容易。可是，谁也没想到能这么难。现在这群是六个，都请坐车；再来六十个，六百个呢，也都请坐车？再说，李司令是叫抓他们；若是都送车费，好话说着，一位一位地送走，算什么办法呢？钱从哪儿来呢？这大概不能向李司令要吧？就凭自己的一百二薪水，八十块办公费，送大家走？可是说回来，这群家伙确是讲面子，一声难听的没有："你来，我们滚。"多么干脆，多么自己。事情又真容易，假如有人肯出钱的话。他笑着，让大家喝水，心中拿不定主意。他不敢得罪他们，他们会说好的，也有真厉害的。他们说滚，必定滚；可是，不给钱可滚不了。他的八十块办公费要连根烂。他还得装作愿意拿的样子，他们不吃硬的。

"得多少？朋友们！"他满不在乎似的问。

"一人十拉块钱吧。"大个儿杨代表大家回答。

"就是个车钱，到山上就好办了。"猴四补充上。

"今天后响就走，朋友，说到哪儿办到哪儿！"曹大嘴说。

尤老二不能脆快，一人十块就是六十呀！八十办公费，去了四分之三！

"尤老二，"白张飞有点不耐烦，"干脆拍出六十块来，咱们再见。有我们没你，有你没我们，这不痛快？你拿钱，我们滚。你不——不用说了，咱们心照。好汉不必费话，三言两语。尤二哥，咱老张手背向下，和你讨个车钱！"

"好了，我们哥儿们全手背朝下了，日后再补付，哥儿们不是一天半天的交情！"杨大个儿领头，大家随着；虽然词句不大一样，意思可是相同。

尤老二不能再说别的了，从"腰里硬"里掏出皮夹来，点了六张十块的："哥儿们！"他没笑出来。

杨大个儿们一齐叫了声"哥儿们"。猴四把票子卷巴卷巴塞在腰里："再见了，哥儿们！"大家走出来，和老刘们点了头："多喀山上见哪？"老刘们都笑了笑，送出门外。

尤老二心里难过得发空。早知道，调兵把六个家伙全扣住！可是，也许这么善办更好；日后还要见面呀。六十块可出去了呢；假如再来这么几档儿，连一百二的薪水赔上也不够！作哪道稽察长呢？稽察长叫反动派给炸了酱，哑巴吃黄连，有苦说不出！老刘是好意呢，还是玩坏？得问问他！不拿土匪，而把土匪叫来，什么官事呢？还不能跟老刘太紧了，他也会上山。不用他还不行呢；得罪了谁也不成，这年头。假若自己一上任就带几个生手，哼，还许登时就吃了"黑枣"；六十块钱买条命，前后一核算，也还值得。尤老二没办法，过去的不用再提，就怕明天又来一群要路费的！不能对老刘们说这个，自己得笑，得让他们看清楚：尤老二对朋友不含糊，六十就六十，一百就一百，不含糊；可是六十就六十，一百就一百，自己吃什么呢，稽察长喝西北风，那才有根！

尤老二又拿起报纸来，没劲！什么都没劲，六十块这么窝窝囊囊地出去，真没劲。看重了命，就得看不起自己；命好像不是自己的，得用钱买，他妈的！总得佩服猴四们，真敢来和稽察长要路费！就不怕登时被捉吗？竟自不怕，邪！丢人的是尤老二，不用说拿他们呀，连句硬张话都没敢说，好泄气！以后再说，再不能这么软！为当稽察长把自己弄软了，那才合不着。稽察长就得拿人，没第二句话！女招待的姓真别扭。老褚回来了。

老褚反正得进来报告,稽察长还能赶上去问么?老褚和老赵聊上天了;等着,看他进来不;土匪们,没有道理可讲。老褚进来了:"尤——稽察长!报告!城北窝着一群朋——啊,什么来着?动——动子!去看看?"

"在哪儿?"尤老二不能再怕;六十块已被敲出去,以后命就是命了,太爷哪儿也敢去。

"湖边上,"老褚知道地方。

"带家伙,老褚,走!"尤老二不含糊。堵窝儿掏!不用打算再叫稽察长出路费。

"就咱俩去?"老褚真会激人哪。

"告诉我地方,自己去也行,什么话呢!"尤老二拼了,不玩命,他们也不晓得稽察长多钱一斤。好吗,净开路费,一案办不下来,怎么对李司令呢?一百二的薪水!

老褚没言语,灌了碗茶,预备着走的样儿。尤老二带理不理地走出来,老褚后面跟着。尤老二觉得顺了点气,也硬起点胆子来。说真的,到底俩人比一个挡事的多,遇到事多少可以研究研究。

湖边上有个鼻子眼大小的胡同,里边会有个小店。尤老二的地面多熟,竟自会不知道这家小店。看着就像贼窝!

忘了多带伙计！尤老二，他叫着自己，白闯练了这么多年，还是气浮哇！怎么不多带人呢？为什么和伙计们斗气呢？

可是，既来之则安之，走哇。也得给伙计们一手瞧瞧，咱尤老二没住过山哪，也不含糊！咱要是掏出那么一个半个的来，再说话可就灵验多了。看运气吧；也许是玩完，谁知道呢。"老褚，你堵门是我堵门？"

"这不是他们？"老褚往门里一指，"用不着堵，谁也不想跑。"

又是活局子！对，他们讲义气，他妈的。尤老二往门里打了一眼，几个家伙全在小过道里坐着呢。花蝴蝶，鼻子六儿，宋占魁，小得胜，还有俩不认识的；完了，又是熟人！

"进来，尤老二，我们连给你贺喜都不敢去，来吧，看看我们这群。过来见见，张狗子，徐元宝。尤老二。老朋友，自己弟兄。"大家东一句西一句，扯得非常亲热。"坐下吧，尤老二，"小得胜——爸爸老得胜刚在河南正了法——特别的客气。

尤老二恨自己，怎么找不到话说呢？倒是老褚漂亮："弟兄们，稽察长亲自来了，有话就说吧。"

稽察长笑着点了点头。

"那么，咱们就说干脆的，"鼻子六儿扯了过来："宋大哥,带尤二哥看看吧!"

"尤二哥,这边!"宋占魁用大拇指往肩后一挑,进了间小屋。

尤老二跟过去,准没危险,他看出来。要玩命都玩不成;别扭不别扭?小屋里漆黑,地上潮得出味儿,靠墙有个小床,铺着点草。宋占魁把床拉出来,蹲在屋角,把湿渌渌的砖起了两三块,掏出几杆小家伙来,全扔在了床上。

"就是这一堆!"宋占魁笑了笑,在襟上擦擦手:"风太紧,带着这个,我们连火车也上不去!弟兄们就算困在这儿了。老褚来,我们才知道你上去了。我们可就有了办法。这一堆交给你,你给点车钱,叫老褚送我们上火车。行也得行,不行也得行,弟兄们求到你这儿了!"

尤老二要吐!潮气直钻脑子。他捂上了鼻子。"交给我算怎么回事呢?"他退到屋门那溜儿。"我不能给你们看着家伙!"

"可我们带不了走呢,太紧!"宋占魁非常地恳切。"我拿去也可以,可是得报官;拿不着人,报点家伙也是好的!也得给我想想啊,是不是?"尤老二自己听着自己的话都生气,太软了,尤老二!

"尤老二,你随便吧!"

尤老二本希望说僵了哇。

"随便吧,尤老二你知道,干我们这行的但分有法,能扔家伙不能?你怎办怎好。我们只求马上跑出去。没有你,我们走不了;叫老褚送我们上车。"

土匪对稽察长下了命令,自己弟兄!尤老二没的可说,没主意,没劲。主意有哇,用不上!身分是有哇,用不上!他显露了原形,直抓头皮。拿了家伙敢报官吗?况且,敢不拿着吗?嘿,送了车费,临完得给他们看家伙,哪道公事呢?尤老二只有一条路:不拿那些家伙,也不送车钱,随他们去。可是,敢吗?下手拿他们,更不用想。湖岸上随时可以扔下一个半个的死尸;尤老二不愿意来个水葬。

"尤老二,"宋大哥非常地诚恳:"狗养的不知道你为难;我们可也真没法。家伙你收着,给我们俩钱。后话不说,心照!"

"要多少?"尤老二笑得真伤心。

"六六三十六,多要一块是杂种!三十六块大洋!"

"家伙我可不管。"

"随便,反正我们带不了走。空身走,捉住不过是半年;带着硬的,不吃'黑枣'也差不多!实话!怕不怕,咱们自己哥儿们用不着吹腾;该小心也得小心。好了,二哥,三十六块,后会有期!"宋大哥伸了手。

三十六块过了手。稽察长没办法。"老褚,这些家伙怎办?""拿回去再说吧。"老褚很有根。

"老褚,"他们叫,"送我们上车!"

"尤二哥,"他们很客气,"谢谢啦!"

尤二哥只落了个"谢谢"。把家伙全拢起来,没法拿。只好和老褚分着插在腰间。多威武,一腰的家伙。想开枪都不行,人家完全信任尤二哥,就那么交出枪来,人家想不到尤二哥也许会翻脸不认人。尤老二连想拿他们也不想了,他们有根,得佩服他们!八十块办公费以外,又赔出十六块去!尤老二没办法。一百二的薪水也保不住,大概!

尤老二的午饭吃得不香,倒喝了两盅窝心酒。什么也不用说了,自己没本事!对不起李司令,尤老二不是不顾脸的人。看吧,再有这么一档子,只好辞职,他心里研究着。多么难堪,辞职!这年头哪里去找一百二的事?再找李司令,万难。拿不了匪,倒叫匪给拿了,多么大的笑话!人家上了山以后,管保还笑着俺尤老二。尤老二整个是个笑话!越想越懊心。

只好先办烟土吧。烟土算反动不算呢?算,也没劲哪!反正不能辞职,先办办烟土也好。尤老二决定了政策。不再提反动。过些日子再说。老刘们办烟土是有把握的。

一个星期里,办下几件烟土来。李司令可是嘱咐办反动派!他不能催伙计们,办公费而外已经贴出十六块了。

是个星期一吧,伙计们都出去踩烟土,(烟土!)进了个傻大黑粗的家伙,大摇大摆的。

"尤老二!"黑脸上笑着。

"谁?钱五!你好大胆子!"

"有尤二哥在这儿,我怕谁!"钱五坐下了,"给根烟吃吃。"

"干吗来了?"尤老二摸了摸腰里——又是路费!"来?一来贺喜,二来道谢!他们全到了山上,很念你的好处!真的!"

"呕?他们并没笑话我!"尤老二心里说。

"二哥!"钱五掏出一卷票子来:"不说什么了,不能叫你赔钱。弟兄们全到了山上,永远念你的好处。""这——"尤老二必须客气一下。

"别说什么,二哥,收下吧!宋大哥的家伙呢?"

"我是管看家伙的?"尤老二没敢说出来。"老褚手里呢。"

"好啦,二哥,我和老褚去要。"

"你从山上来？"尤老二觉得该闲扯了。

"从山上来，来劝你别往下干了。"钱五很诚恳。

"叫我辞职？"

"就是！你算是我们的人也好，不算也好。论事说，有你没我们，有我们没你，论人说，你待弟兄们好，我们也待你好。你不用再干了。话说到这儿为止。我在山上有三百多人，可是我亲自来了，朋友吗！我叫你不干，你顶好就不干。明白人不用多说话，我走了，二哥。告诉老褚我在湖边小店里等他。"

"再告诉我一句，"尤老二立起来："我不干了，朋友们怎想？"

"没人笑话你！怕笑，二哥？好了，再见！"

稽察长换了人，过了两三天吧。尤老二，胖胖的，常在街上蹓着，有时候也看千佛山一眼。

再读《上任》

关纪新

《上任》一篇，讲的是济南城里一个小小稽察长，尤老二，在上任没几天却又主动卸任的经历。

此人以往曾和城外千佛山上的"反动派"有较深过从，当了稽察长，也没打算跟他们结对头，心里最惦记的，不过是如何能把每月的"八十元办公费"更多一点地挪为己有。但是既干上这行，就得奉命去捉拿本来"都是朋友"的"反动分子"，到了真跟该捉拿的对手撞迎了面，他不敢，也不忍心下黑手，反倒一回回地把他们放回山上，还得自己贴上送人的路费。结果是心怀矛盾的尤老二，听了"反动分子"的劝说，撂下公职，重新赋闲。虽说这个尤老二，还算不得是城里地位最卑贱的人，但是，其家境不宽裕倒是显见的，对这么一个有着复杂社会属性的人物，老舍照样把他看成被动存活于世间的小人物,加以耐心勾画,写出他那下层人的思维和情感,写出他被利益所惑的上任以及为义气驱使的卸任。

关于《上任》,读者大概还可以有第二种、第三种的解读,比如说作品是着意揭露"警匪一家",是讲述小官吏的贪婪,等等。不过我们觉得,把尤老二看成是作家塑造的社会底层人物系列中的一员,更适当。我们也知道,尤老二毕竟不是底层人中间受苦受难的典型,他的生计并不过于严峻,我们所要印证的,不过是老舍表现底层人物社会生活,纵使是像稽察长这类不大"干净"的角色,他也不回避,不溢恶。作家愿意本色地摹绘出社会上所有被损害者真实的遭遇和心境。老舍写社会上三教九流的小人物,是从不参考现成教科书的。

伍

月牙儿

斯琴高娃 朗读

斯琴高娃

Siqingaowa

1949年出生于内蒙古自治区。著名表演艺术家，曾荣获中国电影金鸡奖、大众电影百花奖、香港电影金像奖等多个奖项。从艺40年，出演过许多栩栩如生的经典角色。1982年，斯琴高娃出演凌子风导演的《骆驼祥子》中的虎妞；1983年，凭借该角色荣获第三届中国电影金鸡奖最佳女主角奖和第六届中国电影百花奖最佳女演员奖。此后在多部影视剧如《大宅门》《康熙王朝》《姨妈的后现代生活》《北京爱情故事》中扮演主要角色。

《 1982年我出演了根据《骆驼祥子》改编，凌子风导演的同名电影。我在剧中饰演虎妞，而且通过这部戏我还获得了1983年的金鸡、百花双奖，自此与老舍先生结下了不解之缘。1986年，我主演了根据老舍先生的作品《月牙儿》改编的同名电影。2006年，我又将《月牙儿》搬上了话剧舞台，担任这部剧的总导演和主演，这是我演艺生涯中一次很大的挑战。

老舍先生的作品对我们后人产生了非常深远的影响，能够以各种形式参与到老舍先生作品的演绎中，对我来说是一种莫大的荣幸。

为纪念老舍先生诞辰120周年，我给大家朗读一篇老舍先生的散文《月牙儿》。原文篇幅较长，为了在有限的朗读时间里保持作品的完整性，我对原文进行了删减。》

2006年话剧《月牙儿》剧照，斯琴高娃饰"虫儿妈"

月牙儿

一

是的,我又看见月牙儿了,带着点寒气的一钩儿浅金。多少次了,我看见跟现在这个月牙儿一样的月牙儿;多少次了。它带着种种不同的感情,种种不同的景物,当我坐定了看它,它一次一次地在我记忆中的碧云上斜挂着。它唤醒了我的记忆,像一阵晚风吹破一朵欲睡的花。

二

那第一次,带着寒气的月牙儿确是带着寒气。它第一次在我的云中是酸苦,它那一点点微弱的浅金光儿照着我的泪。那时候我也不过是七岁吧,一个穿着短红棉袄的小姑娘。戴着妈妈给我缝的一顶小帽儿,蓝布的,上面印着小小的花，我记得。我倚着那间小屋的门垛，看着月牙儿。屋里是药味，烟味，妈妈的眼泪，爸爸的病；我独自在台阶上看着月牙，没人招呼我，没人顾得给我作晚饭。我晓得屋里的惨凄，因为大家说爸爸的病……可是我更感觉自己的悲惨，我冷，饿，没人理我。一直的我立到月牙儿落下去。什么也没有了，我不能不哭。可是我的哭声被妈妈的压下去；爸，不出声了，面上蒙了块白布。我要掀开白布，再看看爸，可是我不敢。屋里只是那么点点地方，都被爸占了去。妈妈穿上白衣，我的红袄上也罩了个没缝襟边的白袍，我记得，因为不断地撕扯襟边上的白丝儿。大家都很忙，嚷嚷的声儿很高，哭得很恸，可是事情并不多，也似乎值不得嚷：爸爸就装入那么一个四块薄板的棺材里，到处都是缝子。然后，五六个人把他抬了走。妈和我在后边哭。我记得爸，记得爸的木匣。那个木匣结束了爸的一切：每逢我想起爸来，我就想到非打开那个木匣不能见着他。但是，那木匣是深深地埋在地里，我明知在城外哪个地方埋着它，可又像落在地上的一个雨点，似乎永难找到。

三

妈和我还穿着白袍，我又看见了月牙儿。那是个冷天，妈妈带我出城去看爸的坟。妈拿着很薄很薄的一摞儿纸。妈那天对我特别的好,我走不动便背我一程,到城门上还给我买了一些炒栗子。什么都是凉的,只有这些栗子是热的;我舍不得吃,用它们热我的手。走了多远,我记不清了,总该是很远很远吧。在爸出殡的那天,我似乎没觉得这么远,或者是因为那天人多;这次只是我们娘儿俩,妈不说话,我也懒得出声,什么都是静寂的;那些黄土路静寂得没有头儿。天是短的,我记得那个坟:小小的一堆儿土,远处有一些高土岗儿,太阳在黄土岗儿上头斜着。妈妈似乎顾不得我了,把我放在一旁,抱着坟头儿去哭。我坐在坟头的旁边,弄着手里那几个栗子。妈哭了一阵,把那点纸焚化了,一些纸灰在我眼前卷成一两个旋儿,而后懒懒地落在地上;风很小,可是很够冷的。妈妈又哭起来。我也想爸,可是我不想哭他;我倒是为妈妈哭得可怜而也落了泪。过去拉住妈妈的手:"妈不哭!不哭!"妈妈哭得更恸了。她把我搂在怀里。眼看太阳就落下去,四外没有一个人,只有我们娘儿俩。妈似乎也有点怕了,含着泪,扯起我就走,走出老远,她回头看了看,我也转过身去:爸的坟已经辨不清了;土岗的这边都是坟头,一小堆一小堆,一直摆到土岗底下。妈妈叹了口气。我们紧走慢走,还没有走到城门,我看见了月牙儿。四外漆黑,没有声音，只有月牙儿放出一道儿冷光。我乏了，妈妈抱起我来。怎样进的城，我就不知道了，只记得迷迷糊糊的天上有个月牙儿。

四

刚八岁，我已经学会了去当东西。我知道，若是当不来钱，我们娘儿俩就不要吃晚饭；因为妈妈但分有点主意，也不肯叫我去。我准知道她每逢交给我个小包，锅里必是连一点粥底儿也看不见了。我们的锅有时干净得像个体面的寡妇。这一天，我拿的是一面镜子。只有这件东西似乎是不必要的，虽然妈妈天天得用它。这是个春天，我们的棉衣都刚脱下来就入了当铺。我拿着这面镜子，我知道怎样小心，小心而且要走得快，当铺是老早就上门的。我怕当铺的那个大红门，那个大高长柜台。一看见那个门，我就心跳。可是我必须进去，似乎是爬进去，那个高门坎儿是那么高。我得用尽了力量，递上我的东西，还得喊："当当！"得了钱和当票，我知道怎样小心地拿着，快快回家，晓得妈妈不放心。可是这一次，当铺不要这面镜子，告诉我再添一号来。我懂得什么叫"一号"。把镜子搂在胸前，我拼命地往家跑。

妈妈哭了；她找不到第二件东西。我在那间小屋住惯了，总以为东西不少；及至帮着妈妈一找可当的衣物，我的小心里才明白过来，我们的东西很少，很少。妈妈不叫我去了。可是"妈妈咱们吃什么呢？"妈妈哭着递给我她头上的银簪——只有这一件东西是银的。我知道，她拔下过来几回，都没肯交给我去当。这是妈妈出门子时，姥姥家给的一件首饰。现在，她把这末一件银器给了我，叫我把镜子放下。我尽了我的力量赶回当铺，那可怕的大门已经严严地关好了。我坐在那门墩上，握着那根银簪。不敢高声地哭，我看着天，啊，又是月牙儿照着我的眼泪！哭了好久，妈妈在黑影中来了，她拉住了我的手，呕，多么热的手。我忘了一切的苦处，连饿也忘了，只要有妈妈这只热手拉着我就好。我抽抽搭搭地说："妈！咱们回家睡觉吧。明儿早上再来！"妈一声没出。又走了一会儿："妈！你看这个月牙；爸死的那天，它就是这么斜斜着。为什么它老这么斜斜着呢？"妈还是一声没出，她的手有点颤。

五

妈妈整天地给人家洗衣裳。我老想帮助妈妈，可是插不上手。我只好等着妈妈,非到她完了事,我不去睡。有时月牙儿已经上来,她还哼哧哼哧地洗。那些臭袜子,硬牛皮似的,都是买卖地的伙计们送来的。妈妈洗完这些"牛皮"就吃不下饭去。我坐在她旁边,看着月牙,蝙蝠专会在那条光儿底下穿过来穿过去,像银线上穿着个大菱角,极快地又掉到暗处去。我越可怜妈妈,便越爱这个月牙,因为看着它,使我心中痛快一点。它在夏天更可爱,它老有那么点凉气,像一条冰似的。我爱它给地上的那点小影子,一会儿就没了;迷迷糊糊的不甚清楚,及至影子没了,地上就特别的黑,星也特别的亮,花也特别的香——我们的邻居有许多花木,那棵高高的洋槐总把花儿落到我们这边来,像一层雪似的。

六

妈妈的手起了层鳞,叫她给搓搓背顶解痒痒了。可是我不敢常劳动她,她的手是洗粗了的。她瘦,被臭袜子熏得常不吃饭。我知道妈妈要想主意了,我知道。她常把衣裳推到一边,愣着。她和自己说话。她想什么主意呢?我可是猜不着。

七

妈妈嘱咐我不叫我别扭，要乖乖地叫"爸"；她又给我找到一个爸。这是另一个爸，我知道，因为坟里已经埋好一个爸了。妈嘱咐我的时候，眼睛看着别处。她含着泪说："不能叫你饿死！"呕，是因为不饿死我，妈才另给我找了个爸！我不明白多少事，我有点怕，又有点希望——果然不再挨饿的话。多么凑巧呢，离开我们那间小屋的时候，天上又挂着月牙。这次的月牙比哪一回都清楚，都可怕；我是要离开这住惯了的小屋了。妈坐了一乘红轿，前面还有几个鼓手，吹打得一点也不好听。轿在前边走，我和一个男人在后边跟着，他拉着我的手。那可怕的月牙放着一点光，仿佛在凉风里颤动。街上没有什么人，只有些野狗追着鼓手们咬；轿子走得很快。上哪去呢？是不是把妈抬到城外去，抬到坟地去？那个男人扯着我走，我喘不过气来，要哭都哭不出来。那男人的手心出了汗，凉得像个鱼似的，我要喊"妈"，可是不敢。一会儿，月牙像个要闭上的一道大眼缝，轿子进了个小巷。

八

　　我在三四年里似乎没再看见月牙。新爸对我们很好，他有两间屋子，他和妈住在里间，我在外间睡铺板。我起初还想跟妈妈睡，可是几天之后，我反倒爱"我的"小屋了。屋里有白白的墙，还有条长桌，一把椅子。这似乎都是我的。我的被子也比从前的厚实暖和了。妈妈也渐渐胖了点，脸上有了红色，手上的那层鳞也慢慢掉净。我好久没去当当了。新爸叫我去上学。有时候他还跟我玩一会儿。我不知道为什么不爱叫他"爸"，虽然我知道他很可爱。他似乎也知道这个，他常常对我那么一笑；笑的时候他有很好看的眼睛。可是妈妈偷告诉我叫爸，我也不愿十分的别扭。我心中明白，妈和我现在是有吃有喝的，都因为有这个爸，我明白。是的，在这三四年里我想不起曾经看见过月牙儿；也许是看见过而不大记得了。爸死时那个月牙，妈轿子前面那个月牙，我永远忘不了。那一点点光，那一点寒气，老在我心中，比什么都亮，都清凉，像块玉似的，有时候想起来仿佛能用手摸到似的。

九

　　我很爱上学。我老觉得学校里有不少的花,其实并没有;只是一想起学校就想到花罢了,正像一想起爸的坟就想起城外的月牙儿——在野外的小风里歪歪着。妈妈是很爱花的,虽然买不起,可是有人送给她一朵,她就顶喜欢地戴在头上。我有机会便给她折一两朵来;戴上朵鲜花,妈的后影还很年轻似的。妈喜欢,我也喜欢。在学校里我也很喜欢。也许因为这个,我想起学校便想起花来?

十

　　当我要在小学毕业那年,妈又叫我去当当了。我不知道为什么新爸忽然走了。他上了哪儿,妈似乎也不晓得。妈妈还叫我上学,她想爸不久就会回来的。他许多日子没回来,连封信也没有。我想妈又该洗臭袜子了,这使我极难受。可是妈妈并没这么打算。她还打扮着,还爱戴花;奇怪!她不落泪,反倒好笑;为什么呢?我不明白!好几次,我下学来,看她在门口儿立着。又隔了不久,我在路上走,有人"嗨"

我了:"嗨!给你妈捎个信儿去!""嗨!你卖不卖呀?小嫩的!"我的脸红得冒出火来,把头低得无可再低。我明白,只是没办法。我不能问妈妈,不能。她对我很好,而且有时候极庄重地说我:"念书!念书!"妈是不识字的,为什么这样催我念书呢?我疑心;又常由疑心而想到妈是为我才作那样的事。妈是没有更好的办法。疑心的时候,我恨不能骂妈妈一顿。再一想,我要抱住她,央告她不要再作那个事。我恨自己不能帮助妈妈。所以我也想到:我在小学毕业后又有什么用呢?我和同学们打听过了,有的告诉我,去年毕业的有好几个作姨太太的。有的告诉我,谁当了暗门子。我不大懂这些事,可是由她们的说法,我猜到这不是好事。她们似乎什么都知道,也爱偷偷地谈论她们明知是不正当的事——这些事叫她们的脸红红的而显出得意。我更疑心妈妈了,是不是等我毕业好去作……这么一想,有时候我不敢回家,我怕见妈妈。妈妈有时候给我点心钱,我不肯花,饿着肚子去上体操,常常要晕过去。看着别人吃点心,多么香甜呢!可是我得省着钱,万一妈妈叫我去……我可以跑,假如我手中有钱。我最阔的时候,手中有一毛多钱!在这些时候,即使在白天,我也有时望一望天上,找我的月牙儿呢。我心中的苦处假若可以用个形状比喻起来,必是个月牙儿形的。

它无倚无靠地在灰蓝的天上挂着,光儿微弱,不大会儿便被黑暗包住。

十一

叫我最难过的是我慢慢地学会了恨妈妈。可是每当我恨她的时候,我不知不觉地便想起她背着我上坟的光景。想到了这个,我不能恨她了。我又非恨她不可。我的心像——还是像那个月牙儿,只能亮那么一会儿,而黑暗是无限的。妈妈的屋里常有男人来了,她不再躲避着我。他们的眼像狗似的看着我,舌头吐着,垂着涎。我在他们的眼中是更解馋的,我看出来。在很短的期间,我忽然明白了许多的事。我知道我得保护自己,我觉出我身上好像有什么可贵的地方,我闻得出我已有一种什么味道,使我自己害羞,多感。我身上有了些力量,可以保护自己,也可以毁了自己。我有时很硬气,有时候很软。我不知怎样好。我愿爱妈妈,这时候我有好些必要问妈妈的事,需要妈妈的安慰;可是正在这个时候,我得躲着她,我得恨她;要不然我自己便不存在了。当我睡不着的时节,我很冷静地思索,妈妈是可原谅的。她得顾我们俩的嘴。可是这个又使我要拒绝再吃她给我的饭菜。我的心就这么忽冷忽热，像冬天的风，休息一会儿，刮得更要猛；我静候着我的怒气冲来，没法儿止住。

十二

事情不容我想好方法就变得更坏了。妈妈问我，"怎样？"假若我真爱她呢，妈妈说，我应该帮助她。不然呢，她不能再管我了。这不像妈妈能说得出的话，但是她确是这么说了。她说得很清楚："我已经快老了，再过二年，想白叫人要也没人要了！"这是对的，妈妈近来擦许多的粉，脸上还露出褶子来。她要再走一步，去专伺候一个男人。她的精神来不及伺候许多男人了。为她自己想，这时候能有人要她——是个馒头铺掌柜的愿要她——她该马上就走。可是我已经是个大姑娘了，不像小时候那样容易跟在妈妈轿后走过去了。我得打主意安置自己。假若我愿意"帮助"妈妈呢，她可以不再走这一步，而由我代替她挣钱。代她挣钱，我真愿意；可是那个挣钱方法叫我哆嗦。我知道什么呢，叫我像个半老的妇人那样去挣钱？！妈妈的心是狠的，可是钱更狠。妈妈不逼着我走哪条路，她叫我自己挑选——帮助她，或是我们娘儿俩各走各的。妈妈的眼没有泪，早就干了。

我怎么办呢?

十三

我对校长说了。校长是个四十多岁的妇人,胖胖的,不很精明,可是心热。我是真没了主意,要不然我怎会开口述说妈妈的……我并没和校长亲近过。当我对她说的时候,每个字都像烧红了的煤球烫着我的喉,我哑了,半天才能吐出一个字。校长愿意帮助我。她不能给我钱,只能供给我两顿饭和住处——就住在学校和个老女仆作伴儿。她叫我帮助书记员写写字,可是不必马上就这么办,因为我的字还需要练习。两顿饭,一个住处,解决了天大的问题。我可以不连累妈妈了。妈妈这回连轿也没坐,只坐了辆洋车,摸着黑走了。我的铺盖,她给了我。临走的时候,妈妈挣扎着不哭,可是心底下的泪到底翻上来了。她知道我不能再找她去,她的亲女儿。我呢,我连哭都忘了怎么哭了,我只咧着嘴抽搭,泪蒙住了我的脸。我是她的女儿,朋友,安慰。但是我帮助不了她,除非我得作那种我决不肯作的事。在事后一想,我们娘儿俩就像两个没人管的狗,为我们的嘴我们得受着一切的苦处,好像我们身上没有别的,只有一张嘴。为这张嘴,我们得把其余一切的东西都卖了。我不恨妈妈了,我明白了。不是妈妈的毛病,也不是不该长那张嘴,是粮食的毛病,凭什么没有我们的吃食呢?这个别离,把过去一切的苦楚都压过去了。那最明白我的眼泪怎流的月牙这回会没出来,这回只有黑暗,连点萤火的光也没有。妈妈就在暗中像个活鬼似的走了,连个影子也没有。即使她马上死了,恐怕也不会和爸埋在一处了,我连她将来的坟在哪里都不会知道。我只有这么个妈妈,朋友。我的世界里剩下我自己。

十四

妈妈永不能相见了,爱死在我心里,像被霜打了的春花。我用心地练字,为是能帮助校长抄写些不要紧的东西。我必须有用,我是吃着别人的饭。我不像那些女同学,她们一天到晚注意别人,别人吃了什么,穿了什么,说了什么;我老注意我自己,我的影子是我的朋友。"我"老在我的心上,因为没人爱我。我爱我自己,可怜我自己,鼓励我自己,责备我自己;我知道我自己,仿佛我是另一个人似的。我身上有一点变化都使我害怕,使我欢喜,使我莫名其妙。我在我自己手中拿着,像捧着一朵娇嫩的花。我只能顾目前,没有将来，也不敢深想。嚼着人家的饭，我知道那是晌午或晚上了，要不然我简直想不起时间来；没有希望，就没有时间。我好像钉在个没有日月的地方。想起妈妈，我晓得我曾经活了十几年。对将来，我不像同学们那样盼望放假，过节，过年；假期，节，年，跟我有什么关系呢？可是我的身体是往大了长呢，我觉得出。觉出我又长大了一些，我更渺茫，我不放心我自己。我越往大了长，我越觉得自己好看，这是一点安慰；美使我抬高了自己的身分。可是我根本没身分，安慰是先甜后苦的，苦到末了又使我自傲。穷，可是好看呢！这又使我怕：妈妈也是不难看的。

十五

我又老没看月牙了，不敢去看，虽然想看。我已毕了业，还在学校里住着。晚上，学校里只有两个老仆人，一男一女。他们不知怎样对待我好，我既不是学生，也不是先生，又不是仆人，可有点像仆人。晚上，我一个人在院中走，常被月牙给赶进屋来，我没有胆子去看它。可是在屋里，我会想象它是什么样，特别是在有点小风的时候。微风仿佛会给那点微光吹到我的心上来，使我想起过去，更加重了眼前的悲哀。

我的心就好像在月光下的蝙蝠，虽然是在光的下面，可是自己是黑的；黑的东西，即使会飞，也还是黑的，我没有希望。我可是不哭，我只常皱着眉。

十六

我有了点进款：给学生织些东西，她们给我点工钱。校长允许我这么办。可是进不了许多，因为她们也会织。不过她们自己急于要用，而赶不来，或是给家中人打双手套或袜子，才来照顾我。虽然是这样，我的心似乎活了一点，我甚至想到：假若妈妈不走那一步，我是可以养活她的。一数我那点钱，我就知道这是梦想，可是这么想使我舒服一点。我很想看看妈妈。假若她看见我，她必能跟我来，我们能有方法活着，我想——不十分相信，可是。我想妈妈，她常到我的梦中来。有一天，我跟着学生们去到城外旅行，回来的时候已经是下午四点多了。为是快点回来，我们抄了个小道。我看见了妈妈！在个小胡同里有一家卖馒头的，门口放着个元宝筐，筐上插着个顶大的白木头馒头。顺着墙坐着妈妈，身儿一仰一弯地拉风箱呢。从老远我就看见了那个大木馒头与妈妈，我认识她的后影。我要过去抱住她。可是我不敢，我怕学生们笑话我，她们不许我有这样的妈妈。越走越近了，我的头低下去，从泪中看了她一眼，她没看见我。我们一群人擦着她的身子走过去，她好像是什么也没看见，专心地拉她的风箱。走出老远，我回头看了看，她还在那儿拉呢。我看不清她的脸，只看到她的头发在额上披散着点。我记住这个小胡同的名儿。

十七

像有个小虫在心中咬我似的，我想去看妈妈，非看见她我心中不能安静。正在这个时候，学校换了校长。胖校长告诉我得打主意，她在这儿一天便有我一天的饭食与住处，可是她不能保险新校长也这么办。我数了数我的钱，一共是两块七毛零几个铜子。这几个钱不会叫我在最近的几天中挨饿，可是我上哪儿呢？我不敢坐在那儿呆呆地发愁，我得想主意。找妈妈去是第一个念头。可是她能收留我吗？假若她不能收留我，而我找了她去，即使不能引起她与那个卖馒头的吵闹，她也必定很难过。我得为她想，她是我的妈妈，又不是我的妈妈，我们母女之间隔着一层用穷作成的障碍。想来想去，我不肯找她去了。我应当自己担着自己的苦处。

可是怎么担着自己的苦处呢？我想不起。我觉得世界很小，没有安置我与我的小铺盖卷的地方。我还不如一条狗，狗有个地方便可以躺下睡；街上不准我躺着。是的，我是人，人可以不如狗。假若我扯着脸不走，焉知新校长不往外撵我呢？我不能等着人家往外推。这是个春天。我只看见花儿开了，叶儿绿了，而觉不到一点暖气。红的花只是红的花，绿的叶只是绿的叶，我看见些不同的颜色，只是一点颜色；这些颜色没有任何意义，春在我的心中是个凉的死的东西。我不肯哭，可是泪自己往下流。

十八

我出去找事了。不找妈妈，不依赖任何人，我要自己挣饭吃。走了整整两天，抱着希望出去，带着尘土与眼泪回来。没有事情给我作。我这才真明白了妈妈，真原谅了妈妈。妈妈还洗过臭袜子，我连这个都作不上。妈妈所走的路是唯一的。学校里教给我的本事与道德都是笑话，都是吃饱了没事时的玩艺。同学们不准我有那样的妈妈，她们笑话暗门子；是的，她们得这样看，她们有饭吃。我差不多要决定了：只要有人给我饭吃，什么我也肯干；妈妈是可佩服的。我才不去死，虽然想到过；不，我要活着。我年轻，我好看，我要活着。羞耻不是我造出来的。

十九

这么一想，我好像已经找到了事似的。我敢在院中走了，一个春天的月牙在天上挂着。我看出它的美来。天是暗蓝的，没有一点云。那个月牙清亮而温柔，把一些软光儿轻轻送到柳枝上。院中有点小风，带着南边的花香，把柳条的影子吹到墙角有光的地方来，又吹到无光的地方去；光不强，影儿不重，风微微地吹，都是温柔，什么都有点睡意，可又要轻软地活动着。月牙下边，柳梢上面，有一对星儿好像微笑的仙女的眼，逗着那歪歪的月牙和那轻摆的柳枝。墙那边有棵什么树，开满了白花，月的微光把这团雪照成一半儿白亮，一半儿略带点灰影，显出难以想到的纯净。这个月牙是希望的开始，我心里说。

二十

我又找了胖校长去，她没在家。一个青年把我让进去。

他很体面，也很和气。我平素很怕男人，但是这个青年不叫我怕他。他叫我说什么，我便不好意思不说；他那么一笑，我心里就软了。我把找校长的意思对他说了，他很热心，答应帮助我。当天晚上，他给我送了两块钱来，我不肯收，他说这是他婶母——胖校长——给我的。他并且说他的婶母已经给我找好了地方住，第二天就可以搬过去。我要怀疑，可是不敢。他的笑脸好像笑到我的心里去。我觉得我要疑心便对不起人，他是那么温和可爱。

二十一

他的笑唇在我的脸上，从他的头发上我看着那也在微笑的月牙。春风像醉了，吹破了春云，露出月牙与一两对儿春星。河岸上的柳枝轻摆，青蛙唱着恋歌，嫩蒲的香味散在春晚的暖气里。我听着水流，像给嫩蒲一些生力，我想象着蒲梗轻快地往高里长。小蒲公英在潮暖的地上似乎正往叶尖花瓣上灌着白浆。什么都在溶化着春的力量，把春收在那微妙的地方，然后放出一些香味，像花蕊顶破了花瓣。我忘了自己，像四外的花草似的，承受着春的透入；我没了自己，像化在了那点春风与月的微光中。月牙儿忽然被云掩住，我想起来自己,我觉得他的热力在压迫我。我失去那个月牙儿,也失去了自己,我和妈妈一样了!

二十二

我后悔,我自慰,我要哭,我喜欢,我不知道怎样好。我要跑开,永不再见他;我又想他,我寂寞。两间小屋,只有我一个人,他每天晚上来。他永远俊美,老那么温和。他供给我吃喝,还给我作了几件新衣。穿上新衣,我自己看出我的美。可是我也恨这些衣服,又舍不得脱去。我不敢思想,也懒得思想,我迷迷糊糊的,腮上老有那么两块红。我懒得打扮,又不能不打扮,太闲在了,总得找点事作。打扮的时候,我怜爱自己;打扮完了,我恨自己。我的泪很容易下来,可是我设法不哭,眼终日老那么湿润润的,可爱。我有时候疯了似的吻他,然后把他推开,甚至于破口骂他;他老笑。

二十三

我早知道,我没希望;一点云便能把月牙遮住,我的将来是黑暗。果然,没有多久,春便变成了夏,我的春梦作到了头儿。有一天,也就是刚晌午吧,来了一个少妇。她很美,可是美得不玲珑,像个磁人儿似的。她进到屋中就哭了。不用问,我已明白了。看她那个样儿,她不想跟我吵闹,我更没预备着跟她冲突。她是个老实人。她哭,可是拉住我的手:"他骗了咱们俩!"她说。我以为她也只是个"爱人"。不,她是他的妻。她不跟我闹,只口口声声地说:"你放了他吧!"我不知怎么才好,我可怜这个少妇。我答应了她。她笑了。看她这个样儿,我以为她是缺个心眼,她似乎什么也不懂,只知道要她的丈夫。

二十四

我在街上走了半天。很容易答应那个少妇呀,可是我怎么办呢?他给我的那些东西,我不愿意要;既然要离开他,便一刀两断。可是,放下那点东西,我还有什么呢?我上哪儿呢?我怎么能当天就有饭吃呢?好吧,我得要那些东西,无法。我偷偷地搬了走。我不后悔,只觉得空虚,像一片云那样的无倚无靠。搬到一间小屋里,我睡了一天。

二十五

我知道怎样俭省,自幼就晓得钱是好的。凑合着手里还有那点钱,我想马上去找个事。这样,我虽然不希望什么,或者也不会有危险了。事情可是并不因我长了一两岁而容易找到。我很坚决,这并无济于事,只觉得应当如此罢了。妇女挣钱怎这么不容易呢!妈妈是对的,妇人只有一条路走,就是妈妈所走的路。我不肯马上就往那么走,可是知道它在不很远的地方等着我呢。我越挣扎,心中越害怕。我的希望是初月的光,一会儿就要消失。一两个星期过去了,希望越来越小。最后,我去和一排年轻的姑娘们在小饭馆受选阅。很小的一个饭馆,很大的一个老板;我们这群都不难看,都是高小毕业的女子们,等皇赏似的,等着那个破塔似的老板挑选。他选了我。我不感谢他,可是当时确有点痛快。那群女孩子们似乎很羡慕我,有的竟自含着泪走去,有的骂声"妈的!"女人够多么不值钱呢!

二十六

我成了小饭馆的第二号女招待。摆菜,端菜,算账,报菜名，我都不在行。我有点害怕。可是"第一号"告诉我不用着急，她也都不会。她说，小顺管一切的事；我们当招待的只要给客人倒茶，递手巾把，和拿账条；别的不用管。奇怪！"第一号"的袖口卷起来很高，袖口的白里子上连一个污点也没有。腕上放着一块白丝手绢，绣着"妹妹我爱你"。她一天到晚往脸上拍粉，嘴唇抹得血瓢似的。给客人点烟的时候，她的膝往人家腿上倚；还给客人掛酒，有时候她自己也喝了一口。对于客人，有的她伺候得非常的周到；有的她连理也不理，她会把眼皮一搭拉，假装没看见。她不招待的，我只好去。我怕男人。我那点经验叫我明白了些，什么爱不爱的，反正男人可怕。特别是在饭馆吃饭的男人们，他们假装义气，打架似的让座让账；他们拼命地猜拳，喝酒；他们野兽似的吞吃，他们不必要而故意地挑剔毛病，骂人。我低头递茶递手巾，我的脸发烧。客人们故意地和我说东说西，招我笑；我没心程说笑。晚上九点多钟完了事，我非常的疲乏了。到了我的小屋，连衣裳没脱，我一直地睡到天亮。醒来，我心中高兴了一些，我现在是自食其力，用我的劳力自己挣饭吃。我很早地就去上工。

二十七

"第一号"九点多才来,我已经去了两点多钟。她看不起我,可也并非完全恶意地教训我:"不用那么早来,谁八点来吃饭?告诉你,丧气鬼,把脸别搭拉得那么长;你是女跑堂的,没让你在这儿送殡玩。低着头,没人多给酒钱;你干什么来了?不为挣子儿吗?你的领子太矮,咱这行全得弄高领子,绸子手绢,人家认这个!"我知道她是好意,我也知道设若我不肯笑,她也得吃挂落,少分酒钱;小账是大家平分的。我也并非看不起她,从一方面看,我实在佩服她,她是为挣钱。妇女挣钱就得这么着,没第二条路。但是,我不肯学她。我仿佛看得很清楚:有朝一日,我得比她还开通,才能挣上饭吃。可是那得到了山穷水尽的时候;"万不得已"老在那儿等我们女子,我只能叫它多等几天。这叫我咬牙切齿,叫我心中冒火,可是妇女的命运不在自己手里。又干了三天,那个大掌柜的下了警告:再试我两天,我要是愿意往长了干呢,得照"第一号"那么办。"第一号"一半嘲弄,一半劝告地说:"已经有人打听你,干吗藏着乖的卖傻的呢?咱们谁不知道谁是怎着?女招待嫁银行经理的,有的是;你当是咱们低搭呢？闯开脸儿干呀，咱们也他妈的坐几天汽车！"这个，逼上我的气来，我问她："你什么时候坐汽车？"她把红嘴唇撇得要掉下去："不用你耍嘴皮子，干什么说什么；天生下来的香屁股，还不会干这个呢！"我干不了，拿了一块另五分钱，我回了家。

二十八

最后的黑影又向我迈了一步。为躲它，就更走近了它。我不后悔丢了那个事，可我也真怕那个黑影。把自己卖给一个人，我会。自从那回事儿，我很明白了些男女之间的关系。女人把自己放松一些，男人闻着味儿就来了。他所要的是肉，他所给的也是肉。他咬了你，压着你，发散了兽力，你便暂时有吃有穿；然后他也许打你骂你，或者停止了你的供给。女人就这么卖了自己，有时候还很得意，我曾经觉到得意。在得意的时候，说的净是一些天上的话；过了会儿，你觉得身上的疼痛与丧气。不过，卖给一个男人，还可以说些天上的话；卖给大家，连这些也没法说了，妈妈就没说过这样的话。怕的程度不同，我没法接受"第一号"的劝告；"一个"男人到底使我少怕一点。可是，我并不想卖我自己。我并不需要男人，我还不到二十岁。我当初以为跟男人在一块儿必定有趣，谁知道到了一块他就要求那个我所害怕的事。是的，那时候我像把自己交给了春风，任凭人家摆布；过后一想，他是利用我的无知，畅快他自己。他的甜言蜜语使我走入梦里；醒过来，不过是一个梦，一些空虚；我得到的是两顿饭，几件衣服。我不想再这样挣饭吃，饭是实在的，实在地去挣好了。可是，若真挣不上饭吃，女人得承认自己是女人，得卖肉！一个多月，我找不到事作。

二十九

我遇见几个同学，有的升入了中学，有的在家里作姑娘。我不愿理她们，可是一说起话儿来，我觉得我比她们精明。原先，在学校的时候，我比她们傻；现在，"她们"显着呆傻了。她们似乎还都作梦呢。她们都打扮得很好，像铺子里的货物。她们的眼溜着年轻的男子，心里好像作着爱情的诗。我笑她们。是的，我必定得原谅她们，她们有饭吃，吃饱了当然只好想爱情，男女彼此织成了网，互相捕捉；有钱的，网大一些，捉住几个，然后从容地选择一个。我没有钱，我连个结网的屋角都找不到。我得直接地捉人，或是被捉，我比她们明白一些，实际一些。

三十

有一天，我碰见那个小媳妇，像磁人似的那个。她拉住了我，倒好像我是她的亲人似的。她有点颠三倒四的样儿。"你是好人！你是好人！我后悔了，"她很诚恳地说，"我后悔了！我叫你放了他，哼，还不如在你手里呢！他又弄了别人，更好了，一去不回头了！"由探问中，我知道她和他也是由恋爱而结的婚，她似乎还很爱他。他又跑了。我可怜这个小妇人，她也是还作着梦，还相信恋爱神圣。我问她现在的情形，她说她得找到他，她得从一而终。要是找不到他呢？我问。她咬上了嘴唇，她有公婆，娘家还有父母，她没有自由，她甚至于羡慕我，我没有人管着。还有人羡慕我，我真要笑了！我有自由，笑话！她有饭吃，我有自由；她没自由，我没饭吃，我俩都是女子。

三十一

自从遇上那个小磁人，我不想把自己专卖给一个男人了，我决定玩玩了；换句话说，我要"浪漫"地挣饭吃了。我不再为谁负着什么道德责任，我饿。浪漫足以治饿，正如同吃饱了才浪漫，这是个圆圈，从哪儿走都可以。那些女同学与小磁人都跟我差不多，她们比我多着一点梦想，我比她们更直爽，肚子饿是最大的真理。是的，我开始卖了。把我所有的一点东西都折卖了，作了一身新行头，我的确不难看。我上了市。

三十二

我想我要玩玩，浪漫。啊，我错了。我还是不大明白世故。男人并不像我想的那么容易勾引。我要勾引文明一些的人，要至多只赔上一两个吻。哈哈，人家不上那个当，人家要初次见面便摸我的乳。还有呢，人家只请我看电影，或逛逛大街，吃杯冰激凌；我还是饿着肚子回家。所谓文明人，懂得问我在哪儿毕业，家里作什么事。那个态度使我看明白，他若是要你，你得给他相当的好处；你若是没有好处可贡献呢，人家只用一角钱的冰激凌换你一个吻。要卖，得痛痛快快的，拿钱来，我陪你睡。我明白了这个。小磁人们不明白这个。我和妈妈明白，我很想妈了。

三十三

据说有些女人是可以浪漫地挣饭吃，我缺乏资本；也就不必再这样想了。我有了买卖。可是我的房东不许我再住下去，他是讲体面的人。我连瞧他也没瞧，就搬了家，又搬回我妈妈和新爸爸曾经住过的那两间房。这里的人不讲体面，可也更真诚可爱。搬了家以后，我的买卖很不错。连文明人也来了。文明人知道了我是卖，他们是买，就肯来了；这样，他们不吃亏，也不丢身分。初干的时候，我很害怕，因为我还不到廿岁。及至作过了几天，我也就不怕了，身体上哪部分多运动都可以发达的。况且我不留情呢，我身上的各处都不闲着，手，嘴……都帮忙。他们爱这个。多嗒他们像了一摊泥，他们才觉得上了算，他们满意，还替我作义务的宣传。干过了几个月，我明白的事情更多了，差不多每一见面我就能断定他是怎样的人。有的很有钱，这样的人一开口总是问我的身价，表示他买得起我。他也很嫉妒，总想包了我；逛暗娼他也想独占，因为他有钱。对这样的人，我不大招待。他闹脾气，我不怕，我告诉他，我可以找上他的门去，报告给他的太太。在小学里念了几年书，到底是没白念，他唬不住我。教育是有用的,我相信了。有的人呢,来的时候,手里就攥着一块钱,唯恐上了当。对这种人,我跟他细讲条件,干什么多少钱,干什么多少钱,他就乖乖地回家去拿钱,很有意思。最可恨的是那些油子,不但不肯花钱,反倒要占点便宜走,什么半盒烟卷呀,什么一小瓶雪花膏呀,他们随手拿去。这种人还是得罪不得的,他们在地面上很熟,得罪了他们,他们会叫巡警跟我捣乱。我不得罪他们,我喂着他们;及至我认识了警官,才一个个地收拾他们。世界就是狼吞虎咽的世界,谁坏谁就有便宜。顶可怜的是那像中学学生样儿的,袋里装着一块钱,和几十铜子,叮当地直响,鼻子上出着汗。我可怜他们,可是也照常卖给他们。我有什么办法呢!还有老头子呢,都是些规矩人,或者家中已然儿孙成群。对他们,我不知道怎样好;但是我知道他们有钱,想在死前买些快乐,我只好供给他们所需要的。这些经验叫我认识了"钱"与"人"。钱比人更厉害一些,人若是兽,钱就是兽的胆子。

三十四

我发现了我身上有了病。这叫我非常的苦痛,我觉得已经不必活下去了。我休息了,我到街上去走;无目的,乱走。我想去看看妈,她必能给我一些安慰,我想象着自己已是快死的人了。我绕到那个小巷,希望见着妈妈;我想起她在门外拉风箱的样子。馒头铺已经关了门。打听,没人知道搬到哪里去。这使我更坚决了,我非找到妈妈不可。在街上丧胆游魂地走了几天,没有一点用。我疑心她是死了,或是和馒头铺的掌柜的搬到别处去,也许在千里以外。这么一想,我哭起来。我穿好了衣裳,擦上了脂粉,在床上躺着,等死。我相信我会不久就死去的。可是我没死。门外又敲门了,找我的。好吧,我伺候他,我把病尽力地传给他。我不觉得这对不起人,这根本不是我的过错。我又痛快了些,我吸烟,我喝酒,我好像已是三四十岁的人了。我的眼圈发青,手心发热,我不再管;有钱才能活着,先吃饱再说别的吧。我吃得并不错,谁肯吃坏的呢!我必须给自己一点好吃食,一些好衣裳,这样才稍微对得起自己一点。

三十五

一天早晨,大概有十点来钟吧,我正披着件长袍在屋中坐着,我听见院中有点脚步声。我十点来钟起来,有时候到十二点才想穿好衣裳,我近来非常的懒,能披着件衣服呆坐一两个钟头。我想不起什么,也不愿想什么,就那么独自呆坐。那点脚步声向我的门外来了,很轻很慢。不久,我看见一对眼睛,从门上那块小玻璃向里面看呢。看了一会儿,躲开了;我懒得动,还在那儿坐着。待了一会儿,那对眼睛又来了。我再也坐不住,我轻轻地开了门。"妈!"

三十六

我们母女怎么进了屋,我说不上来。哭了多久,也不大记得。妈妈已老得不像样儿了。她的掌柜的回了老家,没告诉她,偷偷地走了,没给她留下一个钱。她把那点东西变卖了,辞了房,搬到一个大杂院里去。她已找了我半个多月。最后,她想到上这儿来,并没希望找到我,只是碰碰看,可是竟自找到了我。她不敢认我了,要不是我叫她,她也许就又走了。哭完了,我发狂似的笑起来:她找到了女儿,女儿已是个暗娼!她养着我的时候,她得那样;现在轮到我养着她了,我得那样!女子的职业是世袭的,是专门的!

三十七

我希望妈妈给我点安慰。我知道安慰不过是点空话,可是我还希望来自妈妈的口中。世上的妈妈都最会骗人,我们把妈妈的诓骗叫作安慰。我的妈妈连这个都忘了。她是饿怕了,我不怪她。她开始检点我的东西,问我的进项与花费,似乎一点也不以这种生意为奇怪。我告诉她,我有了病,希望她劝我休息几天。没有;她只说出去给我买药。"我们老干这个吗?"我问她。她没言语。可是从另一方面看,她确是想保护我,心疼我。她给我作饭,问我身上怎样,还常常偷看我,像妈妈看睡着了的小孩那样。只是有一层她不肯说,就是叫我不用再干这行了。我心中很明白——虽然有一点不满意她——除了干这个,还想不到第二个事情作。我们母女得吃得穿——这个决定了一切。什么母女不母女,什么体面不体面,钱是无情的。

三十八

妈妈想照应我,可是她得听着看着人家蹂躏我。我想好好对待她，可是我觉得她有时候讨厌。她什么都要管管，特别是对于钱。她的眼已失去年轻时的光泽，不过看见了钱还能发点光。对于客人，她就自居为仆人，可是当客人给少了钱的时候，她张嘴就骂。这有时候使我很为难。不错，既干这个还不是为钱吗？可是干这个的也似乎不必骂人。我有时候也会慢待人，可是我有我的办法，使客人急不得恼不得。妈妈的方法太笨了，很容易得罪人。看在钱的面上，我们不应当得罪人。我的方法或者出于我还年轻，还幼稚；妈妈便不顾一切地单单站在钱上了，她应当如此，她比我大着好些岁。恐怕再过几年我也就这样了，人老心也跟着老，渐渐老得和钱一样的硬。是的，妈妈不客气。她有时候劈手就抢客人的皮夹，有时候留下人家的帽子或值钱一点的手套与手杖。我很怕闹出事来，可是妈妈说的好："能多弄一个是一个，咱们是拿十年当作一年活着的，等七老八十还有人要咱们吗？"有时候，客人喝醉了，她便把他架出去，找个僻静地方叫他坐下，连他的鞋都拿回来。说也奇怪，这种人倒没有来找账的，想是已人事不知，说不定也许病一大场。或者事过之后，想过滋味，也就不便再来闹了，我们不怕丢人，他们怕。

三十九

妈妈是说对了：我们是拿十年当一年活着。干了二三年，我觉出自己是变了。我的皮肤粗糙了，我的嘴唇老是焦的，我的眼睛里老灰不溜的带着血丝。我起来得很晚，还觉得精神不够。我觉出这个来，客人们更不是瞎子，熟客渐渐少起来。对于生客，我更努力地伺候，可是也更厌恶他们，有时候我管不住自己的脾气。我暴躁，我胡说，我已经不是我自己了。我的嘴不由得老胡说，似乎是惯了。这样，那些文明人已不多照顾我，因为我丢了那点"小鸟依人"——他们唯一的诗句——的身段与气味。我得和野鸡学了。我打扮得简直不像个人，这才招得动那不文明的人。我的嘴擦得像个红血瓢，我用力咬他们，他们觉得痛快。有时候我似乎已看见我的死，接进一块钱，我仿佛死了一点。钱是延长生命的，我的挣法适得其反。我看着自己死，等着自己死。这么一想，便把别的思想全止住了。不必想了，一天一天地活下去就是了，我的妈妈是我的影子，我至好不过将来变成她那样，卖了一辈子肉，剩下的只是一些白头发与抽皱的黑皮。这就是生命。

四十

我勉强地笑,勉强地疯狂,我的痛苦不是落几个泪所能减除的。我这样的生命是没什么可惜的,可是它到底是个生命,我不愿撒手。况且我所作的并不是我自己的过错。死假如可怕,那只因为活着是可爱的。我决不是怕死的痛苦,我的痛苦久已胜过了死。我爱活着,而不应当这样活着。我想象着一种理想的生活,像作着梦似的;这个梦一会儿就过去了,实际的生活使我更觉得难过。这个世界不是个梦,是真的地狱。妈妈看出我的难过来,她劝我嫁人。嫁人,我有了饭吃,她可以弄一笔养老金。我是她的希望。我嫁谁呢?

四十一

因为接触的男子很多了,我根本已忘了什么是爱。我爱的是我自己,及至我已爱不了自己,我爱别人干什么呢?但是打算出嫁,我得假装说我爱,说我愿意跟他一辈子。我对好几个人都这样说了,还起了誓;没人接受。在钱的管领下,人都很精明。嫖不如偷,对,偷省钱。我要是不要钱,管保人人说爱我。

四十二

正在这个期间,巡警把我抓了去。我们城里的新官儿非常地讲道德,要扫清了暗门子。正式的妓女倒还照旧作生意,因为她们纳捐;纳捐的便是名正言顺的,道德的。抓了去,他们把我放在了感化院,有人教给我作工。洗,做,烹调,编织,我都会;要是这些本事能挣饭吃,我早就不干那个苦事了。我跟他们这样讲,他们不信,他们说我没出息,没道德。他们教给我工作,还告诉我必须爱我的工作。假如我爱工作,将来必定能自食其力,或是嫁个人。他们很乐观。我可没这个信心。他们最好的成绩,是已经有十几多个女的,经过他们感化而嫁了人。到这儿来领女人的,只须花两块钱的手续费和找一个妥实的铺保就够了。这是个便宜。从男人方面看;据我想,这是个笑话。我干脆就不受这个感化。当一个大官儿来检阅我们的时候,我唾了他一脸唾沫。他们还不肯放了我,我是带危险性的东西。可是他们也不肯再感化我。我换了地方,到了狱中。

四十三

狱里是个好地方，它使人坚信人类的没有起色；在我作梦的时候都见不到这样丑恶的玩艺。自从我一进来，我就不再想出去，在我的经验中，世界比这儿并强不了许多。我不愿死，假若从这儿出去而能有个较好的地方；事实上既不这样，死在哪儿不一样呢。在这里，在这里，我又看见了我的好朋友，月牙儿！多久没见着它了！妈妈干什么呢？我想起来一切。

再读《月牙儿》

关纪新

老舍的作品里时常写在旧世道下面父母做什么子女就得做什么。例如这《月牙儿》的母女都干暗娼,那《我这一辈子》的父子都干巡警。这不意味着作者有宿命观念,该笔法的运用,不但在于证实贫苦市民谋生空间的狭窄,也在于要说明这类悲苦命运在都市下层存在的普遍性。

《月牙儿》通篇看去,像是一部回肠九转的悲情叙事长诗。老舍在写这部小说以前,并没有写过叙事诗,也不曾有人把他看作诗人。然而,《月牙儿》一出,所有读者都不再怀疑,老舍具备的诗人修养是全面的、优异的。作家动笔之前,就决定要取法诗歌的创作规律。《月牙儿》的故事他在之前的长篇小说《大明湖》(书稿在战乱中尽毁)曾经写过。"我之所以敢大胆地试用近似散文诗的笔法写《月牙儿》者,正因为我对故事人物因已写过一遍而非常的熟悉,可以从容不迫地在文字上多下功夫。"作者的笔锋追踪着女主人公的心理行程,从容地借鉴诗歌艺术的数种手段,将柔美的抒情、哀婉的意境、洗练的语句、短峭的章节乃至于出色的象征,统熔一炉,多侧面相互依傍地摹写出纯洁的少女人格,在与黑暗世界的惨烈抗争中,一步步地被蚕食、被葬埋。这个悲剧,写得如泣如歌、催人泪下。小说最具魅力的处理,莫过于对那一弯"月牙儿"的多所绘写,女主人公每逢内心陷入愁苦,便在暗夜天边看到它,它是"带着点寒气的一钩儿浅金""它一次一次地在我记忆中的碧云上斜挂着",它总是"无倚无靠地在灰蓝的天上挂着,光儿微弱,不大会儿便被黑暗包住"。"月牙儿"是一种被动的存在,却成为作品中不可或缺的角色,女主人公孤寂无援,"月牙儿"是唯一可以倾听她心声的朋友;她拒不向命运屈服的时刻,"月牙儿"又成了她惨淡前景的征兆;在她彻底被厄运击毁的当口,"月牙儿"则是她辗转煎熬的见证。作家取用"月牙儿"特殊形象介入作品,可以于不同的故事发展阶段,分别用它来映衬出女主人公心地的纯洁、善良,性情的倔强、狷介,处境的孑然、寡弱……老舍是当之无愧的平民文学大家,能够扫描出社会最底层被侮辱被损害者的心灵图像,首先发现了自然界的"月牙儿"和人世间的沦落女子彼此之间有着那么多的共性。

陆

我的母亲

濮存昕 朗读

濮存昕

Pu Cunxin

　　1953年出生于北京市。中国文联副主席,中国戏剧家协会主席,北京人民艺术剧院国家一级演员。

　　曾主演40余部经典国内外戏剧作品和现代实验性剧目,如《李白》《雷雨》《茶馆》《风月无边》《哈姆雷特》等,成为深受观众喜爱的北京人艺的台柱子。曾主演《鲁迅》《光荣之旅》等多部影视作品。

　　曾荣获首届中华艺文奖,两次获中国戏剧梅花奖,两次获文化部文华奖。因塑造电影弘一法师形象荣获中国电影华表奖。

« 老舍先生和我们人艺的不解之缘来自他的作品《龙须沟》和《茶馆》。他在我们人艺演员的心中是至高无上的。我有幸参加了1999年《茶馆》的复排。虽然我没有见过老舍先生,但是老舍先生的作品和他笔下的人物一直感动着我,影响着我的一生。每每读到那些台词,每每在台上表演,我都会发自肺腑地与老舍先生的精神世界和他所写下的角色的精神世界融在一起。

今年是老舍先生诞辰120周年,我为大家朗读一篇老舍先生的散文《我的母亲》,一起来缅怀人民艺术家——老舍先生。 »

1999年版《茶馆》剧照,濮存昕(左一)饰常四爷
图片提供:北京人民艺术剧院戏剧博物馆

我的母亲

母亲的娘家是北平德胜门外，土城儿外边，通大钟寺的大路上的一个小村里。村里一共有四五家人家，都姓马。大家都种点不十分肥美的地，但是与我同辈的兄弟们，也有当兵的，作木匠的，作泥水匠的，和当巡警的。他们虽然是农家，却养不起牛马，人手不够的时候，妇女便也须下地作活。

对于姥姥家，我只知道上述的一点。外公外婆是什么样子，我就不知道了，因为他们早已去世。至于更远的族系与家史，就更不晓得了；穷人只能顾眼前的衣食，没有功夫谈论什么过去的光荣；"家谱"这字眼，我在幼年就根本没有听说过。

母亲生在农家，所以勤俭诚实，身体也好。这一点事实却极重要，因为假若我没有这样的一位母亲，我以为我恐怕也就要大大地打个折扣了。

母亲出嫁大概是很早，因为我的大姐现在已是六十多岁的老太婆，而我的大外甥女还长我一岁啊。我有三个哥哥，四个姐姐，但能长大成人的，只有大姐，二姐，三姐，三哥与我。我是"老"儿子。生我的时候，母亲已有四十一岁，大姐二姐已都出了阁。

由大姐与二姐所嫁入的家庭来推断，在我生下之前，我的家里，大概还马马虎虎地过得去。那时候定婚讲究门当户对，而大姐丈是作小官的，二姐丈也开过一间酒馆，他们都是相当体面的人。

可是，我，我给家庭带来了不幸：我生下来，母亲晕过去半夜，才睁眼看见她的老儿子——感谢大姐，把我揣在怀中，致未冻死。

一岁半，我把父亲"克"死了。

兄不到十岁，三姐十二三岁，我才一岁半，全仗母亲独力抚养了。父亲的寡姐跟我们一块儿住，她吸鸦片，她喜摸纸牌，她的脾气极坏。为我们的衣食，母亲要给人家洗衣服，缝补或裁缝衣裳。在我的记忆中，她的手终年是鲜红微肿的。白天，她洗衣服，洗一两大绿瓦盆。她作事永远丝毫也不敷衍，就是屠户们送来的黑如铁的布袜，她也给洗得雪白。晚间，她与三姐抱着一盏油灯，还要缝补衣服，一直到半夜。

她终年没有休息,可是在忙碌中她还把院子屋中收拾得清清爽爽。桌椅都是旧的,柜门的铜活久已残缺不全,可是她的手老使破桌面上没有尘土,残破的铜活发着光。院中,父亲遗留下的几盆石榴与夹竹桃,永远会得到应有的浇灌与爱护,年年夏天开许多花。

哥哥似乎没有同我玩耍过。有时候,他去读书;有时候,他去学徒;有时候,他也去卖花生或樱桃之类的小东西。母亲含着泪把他送走,不到两天,又含着泪接他回来。我不明白这都是什么事,而只觉得与他很生疏。与母亲相依为命的是我与三姐。因此,她们作事,我老在后面跟着。她们浇花,我也张罗着取水;她们扫地,我就撮土……从这里,我学得了爱花,爱清洁,守秩序。这些习惯至今还被我保存着。

有客人来,无论手中怎么窘,母亲也要设法弄一点东西去款待。舅父与表哥们往往是自己掏钱买酒肉食。这使她脸上羞得飞红,可是殷勤地给他们温酒作面,又给她一些喜悦。遇上亲友家中有喜丧事,母亲必把大褂洗得干干净净,亲自去贺吊——份礼也许只是两吊小钱。到如今为我的好客的习性,还未全改,尽管生活是这么清苦,因为自幼儿看惯了的事情是不易改掉的。

姑母常闹脾气。她单在鸡蛋里找骨头。她是我家中的阎王。直到我入了中学,她才死去,我可是没有看见母亲反抗过。"没受过婆婆的气,还不受大姑子的吗?命当如此!"母亲在非解释一下不足以平服别人的时候,才这样说。是的,命当如此。母亲活到老,穷到老,辛苦到老,全是命当如此。她最会吃亏。给亲友邻居帮忙,她总跑在前面:她会给婴儿洗三——穷朋友们可以因此少花一笔"请姥姥"钱——她会刮痧,她会给孩子们剃头,她会给少妇们绞脸……凡是她能作的,都有求必应。但是吵嘴打架,永远没有她。她宁吃亏,不斗气。当姑母死去的时候,母亲似乎把一世的委屈都哭了出来,一直哭到坟地。不知道哪里来的一位侄子,声称有承继权,母亲便一声不响,教他搬走那些破桌子烂板凳,而且把姑母养的一只肥母鸡也送给他。

可是,母亲并不软弱。父亲死在庚子闹"拳"的那一年。联军入城,挨家搜索财物鸡鸭,我们被搜两次。母亲拉着哥哥与三姐坐在墙根,等着"鬼子"进门,街门是开着的。"鬼子"进门,一刺刀先把老黄狗刺死,而后入室搜索。他们走后,母亲把破衣箱搬起,才发现了我。假若箱子不空,我早就被压死了。皇上跑了,丈夫死了,鬼子来了,满城是血光火焰,可是母亲不怕,她要在刺刀下,饥荒中,保护着儿女。北平有多少变乱啊,有时候兵变了,街市整条地烧起,火团落在我们院中。有时候内战了，城门紧闭，铺店关门，昼夜响着枪炮。这惊恐，这紧张，再加上一家饮食的筹划，儿女安全的顾虑，岂是一个软弱的老寡妇所能受得起的？可是，在这种时候，母亲的心横起来，她不慌不哭，要从无办法中想出办法来。她的泪会往心中落！这点软而硬的个性，也传给了我。我对一切人与事，都取和平的态度，把吃亏看作当然的。但是，在作人上，我有一定的宗旨与基本的法则，什么事都可将就，而不能超过自己画好的界限。我怕见生人，怕办杂事，怕出头露面；但是到了非我去不可的时候，我便不敢不去，正像我的母亲。从私塾到小学，到中学，我经历过起码有二十位教师吧，其中有给我很大影响的，也有毫无影响的，但是我的真正的教师，把性格传给我的，是我的母亲。母亲并不识字，她给我的是生命的教育。

当我在小学毕了业的时候，亲友一致地愿意我去学手艺，好帮助母亲。我晓得我应当去找饭吃，以减轻母亲的勤劳困苦。可是，我也愿意升学。我偷偷地考入了师范学校——制服，饭食，书籍，宿处，都由学校供给。只有这样，我才敢对母亲说升学的话。入学，要交十圆的保证金。这是一笔巨款！母亲作了半个月的难，把这巨款筹到，而后含泪把我送出门去。她不辞劳苦，只要儿子有出息。当我由师范毕业，而被派为小学校校长，母亲与我都一夜不曾合眼。我只说了一句："以后，您可以歇一歇了！"她的回答只有一串串的眼泪。我入学之后，三姐结了婚。母亲对儿女是都一样疼爱的，但是假若她也有点偏爱的话，她应当偏爱三姐，因为自父亲死后，家中一切的事情都是母亲和三姐共同撑持的。三姐是母亲的右手。但是母亲知道这右手必须割去，她不能为自己的便利而耽误了女儿的青春。当花轿来到我们的破门外的时候，母亲的手就和冰一样的凉，脸上没有血色——那是阴历四月，天气很暖。大家都怕她晕过去。可是，她挣扎着，咬着嘴唇，手扶着门框，看花轿徐徐地走去。不久，姑母死了。三姐已出嫁，哥哥不在家，我又住学校，家中只剩母亲自己。她还须自晓至晚的操作，可是终日没人和她说一句话。新年到了，正赶上政府倡用阳历，不许过旧年。除夕，我请了两小时的假。由拥挤不堪的街市回到清炉冷灶的家中。母亲笑了。及至听说我还须回校，她愣住了。半天，她才叹出一口气来。到我该走的时候，她递给我一些花生，"去吧，小子！"街上是那么热闹，我却什么也没看见，泪遮迷了我的眼。今天，泪又遮住了我的眼，又想起当日孤独地过那凄惨的除夕的慈母。可是慈母不会再候盼着我了，她已入了土！

儿女的生命是不依顺着父母所设下的轨道一直前进的，

所以老人总免不了伤心。我二十三岁,母亲要我结了婚,我不要。我请来三姐给我说情,老母含泪点了头。我爱母亲,但是我给了她最大的打击。时代使我成为逆子。二十七岁,我上了英国。为了自己,我给六十多岁的老母以第二次打击。在她七十大寿的那一天,我还远在异域。那天,据姐姐们后来告诉我,老太太只喝了两口酒,很早地便睡下。她想念她的幼子,而不便说出来。

"七七"抗战后,我由济南逃出来。北平又像庚子那年似的被鬼子占据了,可是母亲日夜惦念的幼子却跑西南来。母亲怎样想念我,我可以想象得到,可是我不能回去。每逢接到家信,我总不敢马上拆看,我怕,怕,怕,怕有那不祥的消息。人,即使活到八九十岁,有母亲便可以多少还有点孩子气。失了慈母便像花插在瓶子里,虽然还有色有香,却失去了根。有母亲的人,心里是安定的。我怕,怕,怕家信中带来不好的消息,告诉我已是失了根的花草。

去年一年,我在家信中找不到关于老母的起居情况。我疑虑,害怕。我想象得到,如有不幸,家中念我流亡孤苦,或不忍相告。母亲的生日是在九月,我在八月半写去祝寿的信,算计着会在寿日之前到达。信中嘱咐千万把寿日的详情写来,使我不再疑虑。十二月二十六日,由文化劳军的大会上回来，我接到家信。我不敢拆读。就寝前，我拆开信，母亲已去世一年了！

生命是母亲给我的。我之能长大成人，是母亲的血汗灌养的。我之能成为一个不十分坏的人，是母亲感化的。我的性格，习惯，是母亲传给的。她一世未曾享过一天福，临死还吃的是粗粮。唉！还说什么呢？心痛！心痛！

再读《我的母亲》

关纪新

在老舍的人生记忆中，关于母亲的部分无疑是最为深刻入心的内容。1943年，母亲舒马氏在沦陷区北京去世的时候，他身在重庆无法奔丧，遂发表了《我的母亲》一文，满怀深情地忆起家史中那段最令他难以忘怀的往事："皇上跑了，丈夫死了，鬼子来了，满城是血光火焰，可是母亲不怕，她要在刺刀下，饥荒中，保护着儿女。"老舍又接续写道：

"在这种时候，母亲的心横起来，她不慌不哭，要从无办法中想出办法来。她的泪会往心中落！这点软而硬的个性，也传给了我。我对一切人与事，都取和平的态度，把吃亏看作当然的。但是，在做人上，我有一定的宗旨和基本的法则，什么事都可将就，而不能超过自己画好的界限……正像我的母亲。"

老舍是由寡母舒马氏一手

带大的。舒马氏和早年间许多穷人家庭的寡母相似,也是在长久的含辛茹苦之中,咬紧牙关,终于把几个孩子抚养成人。舒马氏又和许多其他家庭的寡母不大一样,她是个旗籍女人,家中生活总和"八旗生计"挂着钩,她的身上也总是体现出满洲女性的独特气质。舒马氏的身上,有着许多为当时旗人们所推崇的品德和所标榜的习性。老舍是母亲一手带大的,母亲待人处世方方面面的作为,在童年的他看来,都是那么地值得琢磨、令人尊重,都是应当作为自己生活规范来遵循的。

人的一生步履,常常很像是对他有根本性影响的已故前人生命的延续,即便是杰出的人物也是如此。老舍的话语证实,他生命中展示的性格图式,在相当的程度上乃是母亲人格性情的翻版。

柒

我这一辈子

方旭 朗读

方旭

Fang Xu

　　1966年出生于北京。话剧演员、编剧、导演。毕业于中央戏剧学院导演系。

　　四合院里长大的老北京，热爱老北京文化，热爱老舍作品。先后对老舍先生的多部作品进行改编并搬上舞台，曾编、导、演话剧《我这一辈子》《猫城记》《老李对爱的幻想》《二马》《老舍赶集》等，其中执导、编剧并主演的话剧《二马》获得多个国内戏剧奖项，并于2017年荣获第七届国际戏剧学院奖"优秀剧目奖"。另外，曾主演《老舍五则》《北京法源寺》等多部话剧作品。

《 我从小跟着姥姥在四合院长大，一个工业学院毕业的理工男考上了中央戏剧学院的导演系。因为土生土长在北京，所以迷恋京味儿；因为学习戏剧，所以热爱舞台，是老舍先生的文学作品帮我把对京味儿和戏剧的热爱联结到一起。

从2011年开始至今，我先后在这八年的时间里将老舍先生的《我这一辈子》《猫城记》《离婚》《二马》等小说改编成话剧搬上舞台，被朋友们说成"老舍专业户"。老舍先生的一生为我们留下了一个内容丰厚的文学宝库。他深刻的思想内涵可以跨越时空，至今仍发人深省。他独有的京味儿幽默依然广受人们的喜爱。》

2011年《我这一辈子》剧照，方旭独角戏

我这一辈子

一

我幼年读过书,虽然不多,可是足够读《七侠五义》与《三国志演义》什么的。我记得好几段《聊斋》,到如今还能说得很齐全动听,不但听的人都夸奖我的记性好,连我自己也觉得应该高兴。可是,我并念不懂《聊斋》的原文,那太深了;我所记得的几段,都是由小报上的"评讲聊斋"念来的——把原文变成白话,又添上些逗哏打趣,实在有个意思!

我的字写得也不坏。拿我的字和老年间衙门里的公文比一比,论个儿的匀适,墨色的光润,与行列的齐整,我实在相信我可以作个很好的"笔帖式"。自然我不敢高攀,说我有写奏折的本领,可是眼前的通常公文是准保能写到好处的。

凭我认字与写的本事,我本该去当差。当差虽不见得一定能增光耀祖,但是至少也比作别的事更体面些。况且呢,差事不管大小,多少总有个升腾。我看见不止一位了,官职很大,可是那笔字还不如我的好呢,连句整话都说不出来。这样的人既能作高官,我怎么不能呢?

可是,当我十五岁的时候,家里教我去学徒。五行八作,行行出状元,学手艺原不是什么低搭的事;不过比较当差稍差点劲儿罢了。学手艺,一辈子逃不出手艺人去,即使能大发财源,也高不过大官儿不是?可是我并没和家里闹别扭,就去学徒了;十五岁的人,自然没有多少主意。况且家里老人还说,学满了艺,能挣上钱,就给我说亲事。在当时,我想象着结婚必是件有趣的事。那么,吃上二三年的苦,而后大人似的去耍手艺挣钱,家里再有个小媳妇,大概也很下得去了。

我学的是裱糊匠。在那太平年月,裱匠是不愁没饭吃的。那时候,死一个人不像现在这么省事。这可并不是说,老年间的人要翻来覆去地死好几回,不干脆地一下子断了气。我是说,那时候死人,丧家要拼命地花钱,一点不惜力气与金钱地讲排场。就拿与冥衣铺有关系的事来说吧,就得花上老些个钱。人一断气,马上就得去糊"倒头车"——现在,连这个名词儿也许有好多人不晓得了。紧跟着便是"接三",必定有些烧活:车轿骡马,墩箱灵人,引魂幡,灵花等等。要是害月子病死的,还必须另糊一头牛,和一个鸡罩。赶到"一七"念经,又得糊楼库,金山银山,尺头元宝,四季衣服,四季花草,古玩陈设,各样木器。及至出殡,纸亭纸架之外,还有许多烧活,至不济也得弄一对"童儿"举着。"五七"烧伞,六十天糊船桥。一个死人到六十天后才和我们裱糊匠脱离关系。一年之中,死那么十来个有钱的人,我们便有了吃喝。

　　裱糊匠并不专伺候死人,我们也伺候神仙。早年间的神仙不像如今晚儿的这样寒碜,就拿关老爷说吧,早年间每到六月二十四,人们必给他糊黄幡宝盖,马童马匹,和七星大旗什么的。现在,几乎没有人再惦记着关公了!遇上闹"天花",我们又得为娘娘们忙一阵。九位娘娘得糊九顶轿子,红马黄马各一匹,九份凤冠霞帔,还得预备痘哥哥痘姐姐们的袍带靴帽,和各样执事。如今,医院都施种牛痘,娘娘们无事可作,裱糊匠也就陪着她们闲起来了。此外还有许许多多的"还愿"的事,都要糊点什么东西,可是也都随着破除迷信没人再提了。年头真是变了啊!

除了伺候神与鬼外，我们这行自然也为活人作些事。这叫作"白活"，就是给人家糊顶棚。早年间没有洋房，每遇到搬家，娶媳妇，或别项喜事，总要把房间糊得四白落地，好显出焕然一新的气象。那大富之家，连春秋两季糊窗子也雇用我们。人是一天穷似一天了，搬家不一定糊棚顶，而那些有钱的呢，房子改为洋式的，棚顶抹灰，一劳永逸；窗子改成玻璃的，也用不着再糊上纸或纱。什么都是洋式好，耍手艺的可就没了饭吃。我们自己也不是不努力呀，洋车时兴，我们就照样糊洋车；汽车时兴，我们就糊汽车，我们知道改良。可是有几家死了人来糊一辆洋车或汽车呢？年头一旦大改良起来，我们的小改良全算白饶，水大漫不过鸭子去，有什么法儿呢！

二

上面交代过了：我若是始终仗着那份儿手艺吃饭，恐怕就早已饿死了。不过，这点本事虽不能永远有用，可是三年的学艺并非没有很大的好处，这点好处教我一辈子享用不尽。我可以撂下家伙，干别的营生去；这点好处可是老跟着我。就是我死后，有人谈到我的为人如何，他们也必须要记得我少年曾学过三年徒。

学徒的意思是一半学手艺,一半学规矩。在初到铺子去的时候,不论是谁也得害怕,铺中的规矩就是委屈。当徒弟的得晚睡早起,得听一切的指挥与使遣,得低三下四地伺候人,饥寒劳苦都得高高兴兴地受着,有眼泪往肚子里咽。像我学艺的所在,铺子也就是掌柜的家;受了师傅的,还得受师母的,夹板儿气!能挺过这么三年,顶倔强的人也得软了,顶软和的人也得硬了;我简直地可以这么说,一个学徒的脾性不是天生带来的,而是被板子打出来的;像打铁一样,要打什么东西便成什么东西。

在当时正挨打受气的那一会儿,我真想去寻死,那种气简直不是人所受得住的!但是,现在想起来,这种规矩与调教实在值金子。受过这种排练,天下便没有什么受不了的事啦。随便提一样吧,比方说教我去当兵,好哇,我可以作个满好的兵。军队的操演有时有会儿,而学徒们是除了睡觉没有任何休息时间的。我抓着工夫去出恭,一边蹲着一边就能打个盹儿,因为遇上赶夜活的时候,我一天一夜只能睡上三四点钟的觉。我能一口吞下去一顿饭,刚端起饭碗,不是师傅喊,就是师娘叫,要不然便是有照顾主儿来定活,我得恭而敬之地招待,并且细心听着师傅怎样论活讨价钱。

不把饭整吞下去怎办呢？这种排练教我遇到什么苦处都能硬挺，外带着还是挺和气。读书的人，据我这粗人看，永远不会懂得这个。现在的洋学堂里开运动会，学生跑上两个圈就仿佛有了汗马功劳一般，喝！又是搀着，又是抱着，往大腿上拍火酒，还闹脾气，还坐汽车！这样的公子哥儿哪懂得什么叫作规矩，哪叫排练呢？话往回来说，我所受的苦处给我打下了作事任劳任怨的底子，我永远不肯闲着，作起活来永不晓得闹脾气，耍别扭，我能和大兵们一样受苦，而大兵们不能像我这么和气。

再拿件实事来证明这个吧：在我学成出师以后，我和别的耍手艺的一样，为表明自己是凭本事挣钱的人，第一我先买了根烟袋，只要一闲着便捻上一袋吧唧着，仿佛很有身分，慢慢地，我又学了喝酒，时常弄两盅猫尿咂着嘴儿抿几口。嗜好就怕开了头，会了一样就不难学第二样，反正都是个玩艺吧咧。这可也就出了毛病。我爱烟爱酒，原本不算什么稀奇的事，大家伙儿都差不多是这样。可是，我一来二去地学会了吃大烟。那个年月，鸦片烟不犯私，非常地便宜；我先是吸着玩，后来可就上了瘾。不久，我便觉出手紧来了，作事也不似先前那么上劲了。我并没等谁劝告我，不但戒了大烟，而且把旱烟袋也撅了，从此烟酒不动！我入了"理门"。

入理门，烟酒都不准动；一旦破戒，必走背运。所以我不但戒了嗜好，而且入了理门；背运在那儿等着我，我怎肯再犯戒呢？这点心胸与硬气，如今想起来，还是由学徒得来的。多大的苦处我都能忍受。初一戒烟戒酒，看着别人吸，别人饮，多么难过呢！心里真像有一千条小虫爬挠那么痒痒触触的难过。但是我不能破戒，怕走背运。其实背运不背运的，都是日后的事，眼前的罪过可是不好受呀！硬挺，只有硬挺才能成功，怕走背运还在其次。我居然挺过来了，因为我学过徒，受过排练呀！

　　提到我的手艺来，我也觉得学徒三年的光阴并没白费了。凡是一门手艺，都得随时改良，方法是死的，运用可是活的。三十年前的瓦匠，讲究会磨砖对缝，作细工儿活；现在，他得会用洋灰和包镶人造石什么的。三十年前的木匠，讲究会雕花刻木，现在得会造洋式木器。我们这行也如此，不过比别的行业更活动。我们这行讲究看见什么就能糊什么。比方说，人家落了丧事，教我们糊一桌全席，我们就能糊出鸡鸭鱼肉来。赶上人家死了未出阁的姑娘，教我们糊一全份嫁妆，不管是四十八抬，还是三十二抬，我们便能由粉罐油瓶一直糊到衣橱穿衣镜。眼睛一看，手就能模仿下来，这是我们的本事。我们的本事不大，可是得有点聪明，一个心窟窿的人绝不会成个好裱糊匠。

这样，我们作活，一边工作也一边游戏，仿佛是。我们的成败全仗着怎么把各色的纸调动的合适，这是耍心路的事儿。以我自己说，我有点小聪明。在学徒时候所挨的打，很少是为学不上活来，而多半是因为我有聪明而好调皮不听话。我的聪明也许一点也显露不出来，假若我是去学打铁，或是拉大锯——老那么打，老那么拉，一点变动没有。幸而我学了裱糊匠，把基本的技能学会了以后，我便开始自出花样，怎么灵巧逼真我怎么作。有时候我白费了许多工夫与材料，而作不出我所想到的东西，可是这更教我加紧地去揣摸，去调动，非把它作成不可。这个，真是个好习惯。有聪明，而且知道用聪明，我必须感谢这三年的学徒，在这三年养成了我会用自己的聪明的习惯。诚然，我一辈子没作过大事，但是无论什么事，只要是平常人能作的，我一瞧就能明白个五六成。我会砌墙，栽树，修理钟表，看皮货的真假，合婚择日，知道五行八作的行话上诀窍……这些，我都没学过，只凭我的眼去看，我的手去试验；我有勤苦耐劳与多看多学的习惯；这个习惯是在冥衣铺学徒三年养成的。到如今我才明白过来——我已是快饿死的人了！——假若我多读上几年书，只抱着书本死啃，像那些秀才与学堂毕业的人们那样，我也许一辈子就糊糊涂涂地下去，而什么也不晓得呢！裱糊的手艺没有给我带来官职和财产，可是它让我活的很有趣；穷，但是有趣，有点人味儿。

刚二十多岁，我就成为亲友中的重要人物了。不因为我有钱与身分，而是因为我办事细心，不辞劳苦。自从出了师，我每天在街口的茶馆里等着同行的来约请帮忙。我成了街面上的人，年轻，利落，懂得场面。有人来约，我便去作活；没人来约，我也闲不住：亲友家许许多多的事都托咐我给办，我甚至于刚结过婚便给别人家作媒了。

给别人帮忙就等于消遣。我需要一些消遣。为什么呢？前面我已说过：我们这行有两种活，烧活和白活。作烧活是有趣而干净的，白活可就不然了。糊顶棚自然得先把旧纸撕下来，这可真够受的，没作过的人万也想不到顶棚上会能有那么多尘土，而且是日积月累攒下来的，比什么土都干，细，钻鼻子，撕完三间屋子的棚，我们就都成了土鬼。及至扎好了秫秸，糊新纸的时候，新银花纸的面子是又臭又挂鼻子。尘土与纸面子就能教人得痨病——现在叫作肺病。我不喜欢这种活儿。可是，在街上等工作，有人来约就不能拒绝，有什么活得干什么活。应下这种活儿，我差不多老在下边裁纸递纸抹浆糊，为的是可以不必上"交手"，而且可以低着头干活儿，少吃点土。就是这样，我也得弄一身灰，我的鼻子也得像烟筒。作完这么几天活，我愿意作点别的，变换变换。那么，有亲友托我办点什么，我是很乐意帮忙的。

再说呢，作烧活吧，作白活吧，这种工作老与人们的喜事或丧事有关系。熟人们找我定活，也往往就手儿托我去讲别项的事，如婚丧事的搭棚，讲执事，雇厨子，定车马等等。我在这些事儿中渐渐找出乐趣，晓得如何能捏住巧处，给亲友们既办得漂亮，又省些钱，不能窝窝囊囊地被人捉了"大头"。我在办这些事儿的时候，得到许多经验，明白了许多人情，久而久之，我成了个很精明的人，虽然还不到三十岁。

三

由前面所说过的去推测，谁也能看出来，我不能老靠着裱糊的手艺挣饭吃。像逛庙会忽然遇上雨似的，年头一变，大家就得往四散里跑。在我这一辈子里，我仿佛是走着下坡路，收不住脚。心里越盼着天下太平，身子越往下出溜。这次的变动，不使人缓气，一变好像就要变到底。这简直不是变动，而是一阵狂风，把人糊糊涂涂地刮得不知上哪里去了。在我小时候发财的行当与事情，许多许多都忽然走到绝处，永远不再见面，仿佛掉在了大海里头似的。裱糊这一行虽然到如今还阴死巴活地始终没完全断了气，可是大概也不会再有抬头的一日了。我老早的就看出这个来。在那太平的年月，假若我愿意的话，我满可以开个小铺，收两个徒弟，安安顿顿的混两顿饭吃。幸而我没那么办。一年得不到一笔大活，只仗着糊一辆车或两间屋子的顶棚什么的，怎能吃饭呢？睁开眼看看，这十几年了，可有过一笔体面的活？我得改行，我算是猜对了。

不过，这还不是我忽然改了行的唯一的原因。年头儿的改变不是个人所能抵抗的，胳臂扭不过大腿去，跟年头儿叫死劲简直是自己找别扭。可是，个人独有的事往往来得更厉害，它能马上教人疯了。去投河觅井都不算新奇，不用说把自己的行业放下，而去干些别的了。个人的事虽然很小，可是一加在个人身上便受不住；一个米粒很小，教蚂蚁去搬运便很费力气。个人的事也是如此。人活着是仗了一口气，多嗐有点事儿，把这口气憋住，人就要抽风。人是多么小的玩艺儿呢！

我的精明与和气给我带来背运。乍一听这句话仿佛是不合情理，可是千真万确，一点儿不假，假若这要不落在我自己身上，我也许不大相信天下会有这宗事。它竟自找到了我；在当时，我差不多真成了个疯子。隔了这么二三十年，现在想起那回事儿来，我满可以微微一笑，仿佛想起一个故事来似的。现在我明白了个人的好处不必一定就有利于自己。一个人好，大家都好，这点好处才有用，正是如鱼得水。一个人好，而大家并不都好，个人的好处也许就是让他倒霉的祸根。精明和气有什么用呢！现在，我悟过这点理儿来，想起那件事不过点点头，笑一笑罢了。在当时，我可真有点咽不下去那口气。那时候我还很年轻啊。

哪个年轻的人不爱漂亮呢？在我年轻的时候，给人家行人情或办点事，我的打扮与气派谁也不敢说我是个手艺人。在早年间，皮货很贵，而且不准乱穿。如今的人，今天得了马票或奖券，明天就可以穿上狐皮大衣，不管是个十五岁的孩子还是二十岁还没刮过脸的小伙子。早年间可不行，年纪身分决定个人的服装打扮。那年月，在马褂或坎肩上安上一条灰鼠领子就仿佛是很漂亮阔气。我老安着这么条领子，马褂与坎肩都是青大缎的——那时候的缎子也不怎么那样结实，一件马褂至少也可以穿上十来年。在给人家糊棚顶的时候，我是个土鬼；回到家中一梳洗打扮，我立刻变成个漂亮小伙子。我不喜欢那个土鬼，所以更爱这个漂亮的青年。我的辫子又黑又长，脑门剃得锃光青亮，穿上带灰鼠领子的缎子坎肩，我的确像个"人儿"！

一个漂亮小伙子所最怕的恐怕就是娶个丑八怪似的老婆吧。我早已有意无意地向老人们透了个口话：不娶倒没什么，要娶就得来个够样儿的。那时候，自然还不时兴自由婚，可是已有男女两造对相对看的办法。要结婚的话，我得自己去相看，不能马马虎虎就凭媒人的花言巧语。

二十岁那年，我结了婚，我的妻比我小一岁。把她放在哪里，她也得算个俏式利落的小媳妇；在定婚以前，我亲眼相看的呀。她美不美，我不敢说，我说她俏式利落，因为这四个字就是我择妻的标准；她要是不够这四个字的格儿，当初我决不会点头。在这四个字里很可以见出我自己是怎样的人来。那时候，我年轻，漂亮，作事麻利，所以我一定不能要个笨牛似的老婆。

这个婚姻不能说不是天配良缘。我俩都年轻，都利落，都个子不高；在亲友面前，我们像一对轻巧的陀螺似的，四面八方的转动，招得那年岁大些的人们眼中要笑出一朵花来。我俩竞争着去在大家面前显出个人的机警与口才，到处争强好胜，只为教人夸奖一声我们是一对最有出息的小夫妇。别人的夸奖增高了我俩彼此间的敬爱，颇有点英雄惜英雄，好汉爱好汉的劲儿。

我很快乐,说实话:我的老人没挣下什么财产,可是有一所儿房。我住着不用花租金的房子,院中有不少的树木,檐前挂着一对黄鸟。我呢,有手艺,有人缘,有个可心的年轻女人。不快乐不是自找别扭吗?

对于我的妻,我简直找不出什么毛病来。不错,有时候我觉得她有点太野;可是哪个利落的小媳妇不爽快呢?她爱说话,因为她会说;她不大躲避男人,因为这正是作媳妇所应享的利益,特别是刚出嫁而有些本事的小媳妇,她自然愿意把作姑娘时的腼腆收起一些,而大大方方的自居为"媳妇"。这点实在不能算作毛病。况且,她见了长辈又是那么亲热体贴,殷勤地伺候,那么她对年轻一点的人随便一些也正是理之当然;她是爽快大方,所以对于年老的正像对于年少的,都愿表示出亲热周到来。我没因为她爽快而责备她过。

她有了孕,作了母亲,她更好看了,也更大方了——我简直的不忍再用那个"野"字!世界上还有比怀孕的少妇更可怜,年轻的母亲更可爱的吗?看她坐在门坎上,露着点胸,给小娃娃奶吃,我只能更爱她,而想不起责备她太不规矩。

到了二十四岁,我已有一儿一女。对于生儿养女,作丈夫的有什么功劳呢!赶上高兴,男子把娃娃抱起来,耍巴一回;其余的苦处全是女人的。我不是个糊涂人,不必等谁告诉我才能明白这个。真的，生小孩，养育小孩，男人有时候想去帮忙也归无用；不过，一个懂得点人事的人，自然该使作妻的痛快一些，自由一些；欺侮孕妇或一个年轻的母亲，据我看，才真是混蛋呢！对于我的妻，自从有了小孩之后，我更放任了些；我认为这是当然的合理的。

再一说呢，夫妇是树，儿女是花；有了花的树才能显出根儿深。一切猜忌，不放心，都应该减少，或者完全消灭；小孩子会把母亲拴得结结实实的。所以，即使我觉得她有点野——真不愿用这个臭字——我也不能不放心了，她是个母亲呀。

四

直到如今，我还是不能明白那到底是怎么一回事。

我所不能明白的事也就是当时教我差点儿疯了的事，我的妻跟人家跑了。

我再说一遍，到如今我还不能明白那到底是怎回事。我不是个固执的人，因为我久在街面上，懂得人情，知道怎样找出自己的长处与短处。但是，对于这件事，我把自己的短处都找遍了，也找不出应当受这种耻辱与惩罚的地方来。

所以，我只能说我的聪明与和气给我带来祸患，因为我实在找不出别的道理来。

我有位师哥，这位师哥也就是我的仇人。街口上，人们都管他叫作黑子，我也就还这么叫他吧；不便道出他的真名实姓来，虽然他是我的仇人。"黑子"，由于他的脸不白；不但不白，而且黑得特别，所以才有这个外号。他的脸真像个早年间人们揉的铁球，黑，可是非常地亮；黑，可是光润；黑，可是油光水滑的可爱。当他喝下两盅酒，或发热的时候，脸上红起来，就好像落太阳时的一些黑云，黑里透出一些红光。至于他的五官，简直没有什么好看的地方，我比他漂亮多了。他的身量很高，可也不见得怎么魁梧，高大而懒懒松松的。他所以不至教人讨厌他，总而言之，都仗着那一张发亮的黑脸。

我跟他是很好的朋友。他既是我的师哥，又那么傻大黑粗的，即使我不喜爱他，我也不能无缘无故地怀疑他。我的那点聪明不是给我预备着去猜疑人的；反之，我知道我的眼睛里不容砂子，所以我因信任自己而信任别人。我以为我的朋友都不至于偷偷地对我掏坏招数。一旦我认定谁是个可交的人，我便真拿他当个朋友看待。对于我这个师哥，即使他有可猜疑的地方，我也得敬重他，招待他，因为无论怎样，他到底是我的师哥呀。同是一门儿学出来的手艺，又同在一个街口上混饭吃，有活没活，一天至少也得见几面；对这么熟的人，我怎能不拿他当作个好朋友呢？有活，我们一同去作活；没活，他总是到我家来吃饭喝茶，有时候也摸几把索儿胡玩——那时候"麻将"还不十分时兴。我和蔼，他也不客气；遇到什么就吃什么，遇到什么就喝什么，我一向不特别为他预备什么，他也永远不挑剔。他吃得很多，可是不懂得挑食。看他端着大碗，跟着我们吃热汤儿面什么的，真是个痛快的事。他吃得四脖子汗流，嘴里西啦胡噜地响，脸上越来越红，慢慢地成了个半红的大煤球似的；谁能说这样的人能存着什么坏心眼儿呢！

一来二去，我由大家的眼神看出来天下并不很太平。可是，我并没有怎么往心里搁这回事。假若我是个糊涂人，只有一个心眼，大概对这种事不会不听见风就是雨，马上闹个天昏地暗，也许立刻把事情弄个水落石出，也许是望风捕影而弄一鼻子灰。我的心眼多，决不肯这么糊涂瞎闹，我得平心静气地想一想。

先想我自己，想不出我有什么不对的地方来，即使我有许多毛病，反正至少我比师哥漂亮，聪明，更像个人儿。

再看师哥吧，他的长相，行为，财力，都不能教他为非作歹,他不是那种一见面就教女人动心的人。

最后,我详详细细地为我的年轻的妻子想一想:她跟了我已经四五年,我俩在一处不算不快乐。即使她的快乐是假装的,而愿意去跟个她真喜爱的人——这在早年间几乎是不能有的——大概黑子也绝不会是这个人吧?他跟我都是手艺人,他的身分一点不比我高。同样,他不比我阔,不比我漂亮,不比我年轻;那么,她贪图的是什么呢?想不出。就满打说她是受了他的引诱而迷了心,可是他用什么引诱她呢,是那张黑脸,那点本事,那身衣裳,腰里那几吊钱?笑话!哼,我要是有意的话吗,我倒满可以去引诱引诱女人;虽然钱不多,至少我有个样子。黑子有什么呢?再说,就是说她一时迷了心窍,分别不出好歹来,难道她就肯舍得那两个小孩吗?

我不能信大家的话,不能立时疏远了黑子,也不能傻子似的去盘问她。我全想过了,一点缝子没有,我只能慢慢地等着大家明白过来他们是多虑。即使他们不是凭空造谣,我也得慢慢地察看,不能无缘无故地把自己,把朋友,把妻子,都卷在黑土里边。有点聪明的人作事不能鲁莽。

可是,不久,黑子和我的妻子都不见了。直到如今,我没再见过他俩。为什么她肯这么办呢?我非见着她,由她自己吐出实话，我不会明白。我自己的思想永远不够对付这件事的。

我真盼望能再见她一面，专为明白明白这件事。到如今我还是在个葫芦里。

当时我怎样难过，用不着我自己细说。谁也能想到，一个年轻漂亮的人，守着两个没了妈的小孩，在家里是怎样的难过；一个聪明规矩的人，最亲爱的妻子跟师哥跑了，在街面上是怎么难堪。同情我的人，有话说不出，不认识我的人，听到这件事，总不会责备我的师哥，而一直的管我叫"王八"。在咱们这讲孝悌忠信的社会里，人们很喜欢有个王八，好教大家有放手指头的准头。我的口闭上，我的牙咬住，我心中只有他们俩的影儿和一片血。不用教我见着他们，见着就是一刀，别的无须乎再说了。

在当时，我只想拼上这条命，才觉得有点人味儿。现在，事情过去这么多年了。我可以细细地想这件事在我这一辈子里的作用了。

我的嘴并没闲着，到处我打听黑子的消息。没用，他俩真像石沉大海一般，打听不着确实的消息，慢慢地我的怒气消散了一些；说也奇怪，怒气一消，我反倒可怜我的妻子。黑子不过是个手艺人，而这种手艺只能在京津一带大城里找到饭吃，乡间是不需要讲究的烧活的。那么，假若他俩是逃到远处去，他拿什么养活她呢？哼，假若他肯偷好朋友的妻子，难道他就不会把她卖掉吗？这个恐惧时常在我心中绕来绕去。我真希望她忽然逃回来，告诉我她怎样上了当，受了苦处；假若她真跪在我的面前，我想我不会不收下她的，一个心爱的女人，永远是心爱的，不管她作了什么错事。她没有回来，没有消息，我恨她一会儿，又可怜她一会儿，胡思乱想，我有时候整夜地不能睡。

过了一年多，我的这种乱想又轻淡了许多。是的，我这一辈子也不能忘了她，可是我不再为她思索什么了。我承认了这是一段千真万确的事实，不必为它多费心思了。

我到底怎样了呢？这倒是我所要说的，因为这件我永远猜不透的事在我这一辈子里实在是件极大的事。这件事好像是在梦中丢失了我最亲爱的人，一睁眼，她真的跑得无影无踪了。这个梦没法儿明白，可是它的真确劲儿是谁也受不了的。作过这么个梦的人，就是没有成疯子，也得大大地改变；他是丢失了半个命呀！

五

最初，我连屋门也不肯出，我怕见那个又明又暖的太阳。

顶难堪的是头一次上街：抬着头大大方方地走吧，准有人说我天生来的不知羞耻。低着头走，便是自己招认了脊背发软。怎么着也不对。我可是问心无愧，没作过一点对不起人的事。

我破了戒，又吸烟喝酒了。什么背运不背运的，有什么再比丢了老婆更倒霉的呢？我不求人家可怜我，也犯不上成心对谁耍刺儿，我独自吸烟喝酒，把委屈放在心里好了。再没有比不测的祸患更能扫除了迷信的；以前，我对什么神仙都不敢得罪；现在，我什么也不信，连活佛也不信了。迷信，我咂摸出来，是盼望得点意外的好处；赶到遇上意外的难处，你就什么也不盼望，自然也不迷信了。我把财神和灶王的龛——我亲手糊的——都烧了。亲友中很有些人说我成了二毛子的。什么二毛子三毛子的，我再不给谁磕头。人若是不可靠，神仙就更没准儿了。

我并没变成忧郁的人。这种事本来是可以把人愁死的，可是我没往死牛犄角里钻。我原是个活泼的人，好吧，我要打算活下去，就得别丢了我的活泼劲儿。不错，意外的大祸往往能忽然把一个人的习惯与脾气改变了；可是我决定要保持住我的活泼。我吸烟，喝酒，不再信神佛，不过都是些使我活泼的方法。不管我是真乐还是假乐，我乐！在我学艺的时候，我就会这一招，经过这次的变动，我更必须这样了。现在，我已快饿死了，我还是笑着，连我自己也说不清这是真的还是假的笑，反正我笑，多嗒死了多嗒我并上嘴。从那件事发生了以后，直到如今，我始终还是个有用的人，热心的人，可是我心中有了个空儿。这个空儿是那件不幸的事给我留下的，像墙上中了枪弹，老有个小窟窿似的。我有用，我热心，我爱给人家帮忙，但是不幸而事情没办到好处，或者想不到地扎手，我不着急，也不动气，因为我心中有个空儿。这个空儿会教我在极热心的时候冷静，极欢喜的时候有点悲哀，我的笑常常和泪碰在一处，而分不清哪个是哪个。

  这些，都是我心里头的变动，我自己要是不说——自然连我自己也说不大完全——大概别人无从猜到。在我的生活上，也有了变动，这是人人能看到的。我改了行，不再当裱糊匠，我没脸再上街口去等生意，同行的人，认识我的，也必认识黑子；他们只须多看我几眼，我就没法再咽下饭去。在那报纸还不大时兴的年月，人们的眼睛是比新闻还要厉害的。现在，离婚都可以上衙门去明说明讲，早年间男女的事儿可不能这么随便。我把同行中的朋友全放下了，连我的师傅师母都懒得去看，我仿佛是要由这个世界一脚跳到另一个世界去。这样，我觉得我才能独自把那桩事关在心里头。年头的改变教裱糊匠们的活路越来越狭，但是要不是那回事，我也不会改行改得这么快，这么干脆。放弃了手艺，没什么可惜；可是这么放弃了手艺，我也不会感谢"那"回事儿！不管怎说吧，我改了行，这是个显然的变动。

决定扔下手艺可不就是我准知道应该干什么去。我得去乱碰，像一只空船浮在水面上，浪头是它的指南针。在前面我已经说过，我认识字，还能抄抄写写，很够当个小差事的。再说呢，当差是个体面的事，我这丢了老婆的人若能当上差，不用说那必能把我的名誉恢复了一些。现在想起来，这个想法真有点可笑；在当时我可是诚心地相信这是最高明的办法。"八"字还没有一撇儿，我觉得很高兴，仿佛我已经很有把握，既得到差事，又能恢复了名誉。我的头又抬得很高了。

哼！手艺是三年可以学成的；差事，也许要三十年才能得上吧！一个钉子跟着一个钉子，都预备着给我碰呢！我说我识字，哼！敢情有好些个能整本背书的人还挨饿呢。我说我会写字，敢情会写字的绝不算出奇呢。我把自己看得太高了。可是，我又亲眼看见，那作着很大的官儿的，一天到晚山珍海味地吃着，连自己的姓都不大认得。那么，是不是我的学问又太大了，而超过了作官所需要的呢？我这个聪明人也没法儿不显着糊涂了。

慢慢地,我明白过来。原来差事不是给本事预备着的,想作官第一得有人。这简直没了我的事,不管我有多么大的本事。我自己是个手艺人,所认识的也是手艺人;我爸爸呢,又是个白丁,虽然是很有本事与品行的白丁。我上哪里去找差事当呢?

事情要是逼着一个人走上哪条道儿,他就非去不可,就像火车一样,轨道已摆好,照着走就是了,一出花样准得翻车!我也是如此。决定扔下了手艺,而得不到个差事,我又不能老这么闲着。好啦,我的面前已摆好了铁轨,只准上前,不许退后。

我当了巡警。

巡警和洋车是大城里头给苦人们安好的两条火车道。大字不识而什么手艺也没有的,只好去拉车。拉车不用什么本钱,肯出汗就能吃窝窝头。识几个字而好体面的,有手艺而挣不上饭的,只好去当巡警;别的先不提,挑巡警用不着多大的人情,而且一挑上先有身制服穿着,六块钱拿着;好歹是个差事。除了这条道,我简直无路可走。我既没混到必须拉车去的地步,又没有作高官的舅舅或姐丈,巡警正好不高不低,只要我肯,就能穿上一身铜纽子的制服。当兵比当巡警有起色，即使熬不上军官，至少能有抢劫些东西的机会。可是，我不能去当兵，我家中还有俩没娘的小孩呀。当兵要野，当巡警要文明；换句话说，当兵有发邪财的机会，当巡警是穷而文明一辈子；穷得要命，文明得稀松！

以后这五六十年的经验，我敢说这么一句：真会办事的人，到时候才说话，爱张罗办事的人——像我自己——没话也找话说。我的嘴老不肯闲着，对什么事我都有一片说词，对什么人我都想很恰当地给起个外号。我受了报应：第一件事，我丢了老婆，把我的嘴封起来一二年！第二件是我当了巡警。在我还没当上这个差事的时候，我管巡警们叫作"马路行走"，"避风阁大学士"和"臭脚巡"。这些无非都是说巡警们的差事只是站马路，无事忙，跑臭脚。哼！我自己当上"臭脚巡"了！生命简直就是自己和自己开玩笑，一点不假！我自己打了自己的嘴巴，可并不因为我作了什么缺德的事；至多也不过爱多说几句玩笑话罢了。在这里，我认识了生命的严肃，连句玩笑话都说不得的！好在，我心中有个空儿；我怎么叫别人"臭脚巡"，也照样叫自己。这在早年间叫作"抹稀泥"，现在的新名词应叫着什么，我还没能打听出来。

我没法不去当巡警，可是真觉得有点委屈。是呀，我没有什么出众的本事，但是论街面上的事，我敢说我比谁知道的也不少。巡警不是管街面上的事情吗？那么，请看看那些警官儿吧：有的连本地的话都说不上来，二加二是四还是五都得想半天。哼！他是官，我可是"招募警"；他的一双皮鞋够开我半年的饷！他什么经验与本事也没有，可是他作官。这样的官儿多了去啦！上哪儿讲理去呢？记得有位教官，头一天教我们操法的时候，忘了叫"立正"，而叫了"闸住"。用不着打听，这位大爷一定是拉洋车出身。有人情就行，今天你拉车，明天你姑父作了什么官儿，你就可以弄个教官当当；叫"闸住"也没关系，谁敢笑教官一声呢！这样的自然是不多，可是有这么一位教官，也就可以教人想到巡警的操法是怎么稀松二五眼了。内堂的功课自然绝不是这样教官所能担任的，因为至少得认识些个字才能"虎"得下来。我们的内堂的教官大概可以分为两种：一种是老人儿们，多数都有口鸦片烟瘾；他们要是能讲明白一样东西，就凭他们那点人情，大概早就作上大官儿了；唯其什么也讲不明白，所以才来作教官。另一种是年轻的小伙子们，讲的都是洋事，什么东洋巡警怎么样，什么法国违警律如何，仿佛我们都是洋鬼子。这种讲法有个好处，就是他们信口开河瞎扯，我们一边打盹一边听着，谁也不准知道东洋和法国是什么样儿，可不就随他的便说吧。我满可以编一套美国的事讲给大家听，可惜我不是教官罢了。这群年轻的小人们真懂外国事儿不懂，无从知道；反正我准知道他们一点中国事儿也不晓得。这两种教官的年纪上学问上都不同，可是他们有个相同的地方，就是他们都高不成低不就，所以对对付付地只能作教官。他们的人情真不小，可是本事太差，所以来教一群为六块洋钱而一声不敢出的巡警就最合适。

教官如此，别的警官也差不多是这样。想想：谁要是能去作一任知县或税局局长，谁肯来作警官呢？前面我已交代过了，当巡警是高不成低不就，不得已而为之。警官也是这样。这群人由上至下全是"狗熊耍扁担，混碗儿饭吃"。不过呢，巡警一天到晚在街面上，不论怎样抹稀泥，多少得能说会道，见机而作，把大事化小，小事化无；既不多给官面上惹麻烦，又让大家都过得去；真的吧假的吧，这总得算点本事。而作警官的呢，就连这点本事似乎也不必有。阎王好作，小鬼难当，诚然！

六

我再多说几句，或者就没人再说我太狂傲无知了。我说我觉得委屈，真是实话；请看吧：一月挣六块钱，这跟当仆人的一样，而没有仆人们那些"外找儿"；死挣六块钱，就凭这么个大人——腰板挺直，样子漂亮，年轻力壮，能说会道，还得识文断字！这一大堆资格，一共值六块钱！

六块钱饷粮，扣去三块半钱的伙食，还得扣去什么人情公议儿，净剩也就是两块上下钱吧。衣服自然是可以穿官发的，可是到休息的时候，谁肯还穿着制服回家呢；那么，不作不作也得有件大褂什么的。要是把钱作了大褂，一个月就算白混。再说，谁没有家呢？父母——呕，先别提父母吧！就说一夫一妻吧：至少得赁一间房，得有老婆的吃，喝，穿。就凭那两块大洋！谁也不许生病，不许生小孩，不许吸烟，不许吃点零碎东西；连这么着，月月还不够嚼谷！

我就不明白为什么肯有人把姑娘嫁给当巡警的，虽然我常给同事的做媒。当我一到女家提说的时候，人家总对我一撇嘴，虽不明说，但是意思很明显，"哼！当巡警的！"可是我不怕这一撇嘴，因为十回倒有九回是撇完嘴而点了头。难道是世界上的姑娘太多了吗？我不知道。

由哪面儿看，巡警都活该是鼓着腮帮子充胖子而教人哭不得笑不得的。穿起制服来，干净利落，又体面又威风，车马行人，打架吵嘴，都由他管着。他这是差事；可是他一月除了吃饭，净剩两块来钱。他自己也知道中气不足，可是不能不硬挺着腰板，到时候他得娶妻生子，还是仗着那两块来钱。提婚的时候，头一句是说："小人呀当差！"当差的底下还有什么呢？没人愿意细问，一问就糟到底。

是的，巡警们都知道自己怎样的委屈，可是风里雨里他得去巡街下夜，一点懒儿不敢偷；一偷懒就有被开除的危险；他委屈，可不敢抱怨，他劳苦，可不敢偷闲，他知道自己在这里混不出来什么，而不敢冒险搁下差事。这点差事扔了可惜，作着又没劲；这些人也就人儿似的先混过一天是一天，在没劲中要露出劲儿来，像打太极拳似的。

世上为什么应当有这种差事，和为什么有这样多肯作这种差事的人？我想不出来。假若下辈子我再托生为人，而且忘了喝迷魂汤，还记得这一辈子的事，我必定要扯着脖子去喊：这玩艺儿整个的是丢人，是欺骗，是杀人不流血！现在，我老了，快饿死了，连喊这么几句也顾不及了，我还得先为下顿的窝窝头着忙呀！

自然在我初当差的时候，我并没有一下子就把这些都看清楚了，谁也没有那么聪明。反之，一上手当差我倒觉出点高兴来：穿上整齐的制服，靴帽，的确我是漂亮精神，而且心里说：好吧歹吧，这是个差事；凭我的聪明与本事，不久我必有个升腾。我很留神看巡长巡官们制服上的铜星与金道，而想象着我将来也能那样。我一点也没想到那铜星与金道并不按着聪明与本事颁给人们呀。

新鲜劲儿刚一过去，我已经讨厌那身制服了。它不教任何人尊敬，而只能告诉人："臭脚巡"来了！拿制服的本身说，它也很讨厌：夏天它就像牛皮似的，把人闷得满身臭汗；冬天呢，它一点也不像牛皮了，而倒像是纸糊的；它不许谁在里边多穿一点衣服，只好任着狂风由胸口钻进来，由脊背钻出去，整打个穿堂！再看那双皮鞋，冬冷夏热，永远不教脚舒服一会儿；穿单袜的时候，它好像是两大篓子似的，脚趾脚踵都在里边乱抓弄，而始终找不到鞋在哪里；到穿棉袜的时候，它们忽然变得很紧，不许棉袜与脚一齐伸进去。有多少人因包办制服皮鞋而发了财，我不知道，我只知道我的脚永远烂着，夏天闹湿气，冬天闹冻疮。自然，烂脚也得照常地去巡街站岗，要不然就别挣那六块洋钱！多么热，或多么冷，别人都可以找地方去躲一躲，连洋车夫都可以自由地歇半天，巡警得去巡街，得去站岗，热死冻死都活该，那六块现大洋买着你的命呢！

记得在哪儿看见过这么一句：食不饱，力不足。不管这句在原地方讲的是什么吧，反正拿来形容巡警是没有多大错儿的。最可怜，又可笑的是我们既吃不饱，还得挺着劲儿，站在街上得像个样子！要饭的花子有时不饿也弯着腰，假充饿了三天三夜；反之，巡警却不饱也得鼓起肚皮，假装刚吃完三大碗鸡丝面似的。花子装饿倒有点道理，我可就是想不出巡警假装酒足饭饱有什么理由来，我只觉得这真可笑。

人们都不满意巡警的对付事，抹稀泥。哼！抹稀泥自有它的理由。不过，在细说这个道理之前，我愿先说件极可怕的事。有了这件可怕的事，我再反回头来细说那些理由，仿佛就更顺当，更生动。好！就这样办啦。

七

应当有月亮，可是教黑云给遮住了，处处都很黑。我正在个僻静的地方巡夜。我的鞋上钉着铁掌，那时候每个巡警又须带着一把东洋刀，四下里鸦雀无声，听着我自己的铁掌与佩刀的声响，我感到寂寞无聊，而且几乎有点害怕。眼前忽然跑过一只猫，或忽然听见一声鸟叫，都教我觉得不是味儿，勉强着挺起胸来，可是心中总空空虚虚的，仿佛将有些什么不幸的事情在前面等着我。不完全是害怕，又不完全气粗胆壮，就那么怪不得劲的，手心上出了点凉汗。平日，我很有点胆量，什么看守死尸，什么独自看管一所脏房，都算不了一回事。不知为什么这一晚上我这样胆虚，心里越要耻笑自己，便越觉得不定哪里藏着点危险。我不便放快了脚步，可是心中急切地希望快回去，回到那有灯光与朋友的地方去。

忽然，我听见一排枪！我立定了，胆子反倒壮起来一点；真正的危险似乎倒可以治好了胆虚，惊疑不定才是恐惧的根源。我听着，像夜行的马竖起耳朵那样。又一排枪，又一排枪！没声了，我等着，听着，静寂得难堪。像看见闪电而等着雷声那样，我的心跳得很快。拍，拍，拍，拍，四面八方都响起来了！

我的胆气又渐渐地往下低落了。一排枪，我壮起气来；枪声太多了，真遇到危险了；我是个人，人怕死；我忽然地跑起来，跑了几步，猛地又立住，听一听，枪声越来越密，看不见什么，四下漆黑，只有枪声，不知为什么，不知在哪里，黑暗里只有我一个人，听着远处的枪响。往哪里跑？到底是什么事？应当想一想，又顾不得想；胆大也没用，没有主意就不会有胆量。还是跑吧，糊涂地乱动，总比呆立哆嗦着强。我跑，狂跑，手紧紧地握住佩刀。像受了惊的猫狗，不必想也知道往家里跑。我已忘了我是巡警，我得先回家看看我那没娘的孩子去，要是死就死在一处！

要跑到家，我得穿过好几条大街。刚到了头一条大街，我就晓得不容易再跑了。街上黑黑乎乎的人影，跑得很快，随跑随着放枪。兵！我知道那是些辫子兵。而我才刚剪了发不多日子。我很后悔我没像别人那样把头发盘起来，而是连根儿烂真正剪去了辫子。假若我能马上放下辫子来，虽然这些兵们平素很讨厌巡警，可是因为我有辫子或者不至于把枪口冲着我来。在他们眼中，没有辫子便是二毛子，该杀。我没有了这么条宝贝！我不敢再动，只能藏在黑影里，看事行事。兵们在路上跑，一队跟着一队，枪声不停。我不晓得他们是干什么呢？待了一会儿，兵们好像是都过去了，我往外探了探头，见外面没有什么动静，我就像一只夜鸟儿似的飞过了马路，到了街的另一边。在这极快地穿过马路的一会儿里，我的眼梢瞭着一点红光。十字街头起了火。我还藏在黑影里，不久，火光远远地照亮了一片；再探头往外看，我已可以影影绰绰地看到十字街口，所有四面把角的铺户已全烧起来，火影中那些兵们来回地奔跑，放着枪。我明白了，这是兵变。不久，火光更多了，一处接着一处，由光亮的距离我可以断定：凡是附近的十字口与丁字街全烧了起来。

说句该挨嘴巴的话，火是真好看！远处，漆黑的天上，忽然一白，紧跟着又黑了。忽然又一白，猛地冒起一个红团，有一块天像烧红的铁板，红得可怕。在红光里看见了多少股黑烟，和火舌们高低不齐地往上冒，一会儿烟遮住了火苗；一会儿火苗冲破了黑烟。黑烟滚着，转着，千变万化地往上升，凝成一片，罩住下面的火光，像浓雾掩住了夕阳。待一会儿，火光明亮了一些，烟也改成灰白色儿，纯净，旺炽，火苗不多，而光亮结成一片，照明了半个天。那近处的，烟与火中带着种种的响声，烟往高处起，火往四下里奔；烟像些丑恶的黑龙，火像些乱长乱钻的红铁笋。烟裹着火，火裹着烟，卷起多高，忽然离散，黑烟里落下无数的火花，或者三五个极大的火团。火花火团落下，烟像痛快轻松了一些，翻滚着向上冒。火团下降，在半空中遇到下面的火柱，又狂喜地往上跳跃，炸出无数火花。火团远落，遇到可以燃烧的东西，整个地再点起一把新火，新烟掩住旧火，一时变为黑暗；新火冲出了黑烟，与旧火联成一气，处处是火舌，火柱，飞舞，吐动，摇摆，癫狂。忽然哗啦一声，一架房倒下去，火星，焦炭，尘土，白烟，一齐飞扬，火苗压在下面，一齐在底下往横里吐射，像千百条探头吐舌的火蛇。静寂，静寂，火蛇慢慢地，忍耐地，往上翻。绕到上边来，与高处的火接到一处，通明，纯亮，忽忽地响着，要把人的心全照亮了似的。

我看着,不,不但看着,我还闻着呢!在种种不同的味道里,我咂摸着:这是那个金匾黑字的绸缎庄,那是那个山西人开的油酒店。由这些味道,我认识了那些不同的火团,轻而高飞的一定是茶叶铺的,迟笨黑暗的一定是布店的。这些买卖都不是我的,可是我都认得,闻着它们火葬的气味,看着它们火团的起落,我说不上来心中怎样难过。

我看着,闻着,难过,我忘了自己的危险,我仿佛是个不懂事的小孩,只顾了看热闹,而忘了别的一切。我的牙打得很响,不是为自己害怕,而是对这奇惨的美丽动了心。

回家是没希望了。我不知道街上一共有多少兵,可是由各处的火光猜度起来,大概是热闹的街口都有他们。他们的目的是抢劫,可是顺着手儿已经烧了这么多铺户,焉知不就棍打腿的杀些人玩玩呢?我这剪了发的巡警在他们眼中还不和个臭虫一样,只须一搂枪机就完了,并不费多少事。

想到这个,我打算回到"区"里去,"区"离我不算远,只须再过一条街就行了。可是,连这个也太晚了。当枪声初起的时候,连贫带富,家家关了门;街上除了那些横行的兵们,简直成了个死城。及至火一起来,铺户里的人们开始在火影里奔走,胆大一些的立在街旁,看着自己的或别人的店铺燃烧,没人敢去救火,可也舍不得走开,只那么一声不出地看着火苗乱窜。胆小一些的呢，争着往胡同里藏躲，三五成群地藏在巷内，不时向街上探探头，没人出声，大家都哆嗦着。火越烧越旺了，枪声慢慢地稀少下来，胡同里的住户仿佛已猜到是怎么一回事，最先是有人开门向外望望，然后有人试着步往街上走。街上，只有火光人影，没有巡警，被兵们抢过的当铺与首饰店全大敞着门！……这样的街市教人们害怕，同时也教人们胆大起来；一条没有巡警的街正像是没有老师的学房，多么老实的孩子也要闹哄闹哄。一家开门，家家开门，街上人多起来；铺户已有被抢过的了，跟着抢吧！平日，谁能想到那些良善守法的人民会去抢劫呢？哼！机会一到，人们立刻显露了原形。说声抢，壮实的小伙子们首先进了当铺，金店，钟表行。男人们回去一趟，第二趟出来已搀夹上女人和孩子们。被兵们抢过的铺子自然不必费事，进去随便拿就是了；可是紧跟着那些尚未被抢过的铺户的门也拦不住谁了。粮食店，茶叶铺，百货店，什么东西也是好的，门板一律砸开。

我一辈子只看见了这么一回大热闹：男女老幼喊着叫着，狂跑着，拥挤着，争吵着，砸门的砸门，喊叫的喊叫，嗑喳！门板倒下去，一窝蜂似的跑进去，乱挤乱抓，压倒在地的狂号，身体利落地往柜台上蹿，全红着眼，全拼着命，全奋勇前进,挤成一团,倒成一片,散走全街。背着,抱着,扛着,曳着,像一片战胜的蚂蚁,昂首疾走,去而复归,呼妻唤子,前呼后应。

苦人当然出来了,哼!那中等人家也不甘落后呀!

贵重的东西先搬完了,煤米柴炭是第二拨。有的整坛的搬着香油,有的独自扛着两口袋面,瓶子罐子碎了一街,米面撒满了便道,抢啊!抢啊!抢啊!谁都恨自己只长了一双手,谁都嫌自己的腿脚太慢;有的人会推着一坛子白糖,连人带坛在地上滚,像屎壳郎推着个大粪球。

强中自有强中手,人是到处会用脑子的!有人拿出切菜刀来了,立在巷口等着:"放下!"刀晃了晃。口袋或衣服,放下了;安然地,不费力地,拿回家去。"放下!"不灵验,刀下去了,把面口袋砍破,下了一阵小雪,二人滚在一团。过路的急走,捎带着说了句:"打什么,有的是东西!"两位明白过来,立起来向街头跑去。抢啊,抢啊!有的是东西!

我挤在了一群买卖人的中间,藏在黑影里。我并没说什么,他们似乎很明白我的困难,大家一声不出,而紧紧地把我包围住。不要说我还是个巡警,连他们买卖人也不敢抬起头来。他们无法去保护他们的财产与货物,谁敢出头抵抗谁就是不要命,兵们有枪,人民也有切菜刀呀!是的,他们低着头,好像倒怪羞惭似的。他们唯恐和抢劫的人们——也就是他们平日的照顾主儿——对了脸,羞恼成怒,在这没有王法的时候,杀几个买卖人总不算一回事呢!所以,他们也保护着我。想想看吧,这一带的居民大概不会不认识我吧!我三天两头地到这里来巡逻。平日,他们在墙根撒尿,我都要讨他们的厌,上前干涉;他们怎能不恨恶我呢!现在大家正在兴高采烈地白拿东西,要是遇见我,他们一人给我一砖头,我也就活不成了。即使他们不认识我,反正我是穿着制服,佩着东洋刀呀!在这个局面下,冒而咕咚地出来个巡警,够多么不合适呢!我满可以上前去道歉,说我不该这么冒失,他们能白白地饶了我吗?

街上忽然清静了一些,便道上的人纷纷往胡同里跑,马路当中走着七零八散的兵,都走得很慢;我摘下帽子,从一个学徒的肩上往外看了一眼,看见一位兵士,手里提着一串东西,像一串儿螃蟹似的。我能想到那是一串金银的镯子。他身上还有多少东西,不晓得,不过一定有许多硬货,因为他走得很慢。多么自然,多么可羡慕呢!自自然然地,提着一串镯子,在马路中心缓缓地走,有烧亮的铺户作着巨大的火把,给他们照亮了全城!

兵过去了,人们又由胡同里钻出来。东西已抢得差不多了，大家开始搬铺户的门板，有的去摘门上的匾额。我在报纸上常看见"彻底"这两个字，咱们的良民们打抢的时候才真正彻底呢！

这时候，铺户的人们才有出头喊叫的："救火呀！救火呀！别等着烧净了呀！"喊得教人一听见就要落泪！我身旁的人们开始活动。我怎么办呢？他们要是都去救火，剩下我这一个巡警，往哪儿跑呢？我拉住了一个屠户！他脱给了我那件满是猪油的大衫。把帽子夹在夹肢窝底下。一手握着佩刀，一手揪着大襟，我擦着墙根，逃回"区"里去。

八

我没去抢，人家所抢的又不是我的东西，这回事简直可以说和我不相干。可是，我看见了，也就明白了。明白了什么？我不会干脆的，恰当的，用一半句话说出来；我明白了点什么意思，这点意思教我几乎改变了点脾气。丢老婆是一件永远忘不了的事，现在它有了伴儿，我也永远忘不了这次的兵变。丢老婆是我自己的事，只须记在我的心里，用不着把家事国事天下事全拉扯上。这次的变乱是多少万人的事，只要我想一想，我便想到大家，想到全城，简直地我可以用这回事去断定许多的大事,就好像报纸上那样谈论这个问题那个问题似的。对了,我找到了一句漂亮的了。这件事教我看出一点意思,由这点意思我咂摸着许多问题。不管别人听得懂这句与否,我可真觉得它不坏。

我说过了:自从我的妻潜逃之后,我心中有了个空儿。经过这回兵变,那个空儿更大了一些,松松通通地能容下许多玩艺儿。还接着说兵变的事吧!把它说完全了,你也就可以明白我心中的空儿为什么大起来了。

当我回到宿舍的时候,大家还全没睡呢。不睡是当然的,可是,大家一点也不显着着急或恐慌,吸烟的吸烟,喝茶的喝茶,就好像有红白事熬夜那样。我的狼狈的样子,不但没引起大家的同情,倒招得他们直笑。我本排着一肚子话要向大家说,一看这个样子也就不必再言语了。我想去睡,可是被排长给拦住了:"别睡!待一会儿,天一亮,咱们全得出去弹压地面!"这该轮到我发笑了;街上烧抢到那个样子,并不见一个巡警,等到天亮再去弹压地面,岂不是天大的笑话!命令是命令,我只好等到天亮吧!

还没到天亮,我已经打听出来:原来高级警官们都预先知道兵变的事儿,可是不便于告诉下级警官和巡警们。这就是说,兵变是警察们管不了的事,要变就变吧;下级警官和巡警们呢,夜间糊糊涂涂地照常去巡逻站岗,是生是死随他们去!这个主意够多么活动而毒辣呢!再看巡警们呢,全和我自己一样,听见枪声就往回跑,谁也不傻。这样巡警正好对得起这样警官,自上而下全是瞎打混的当"差事",一点不假!

虽然很要困,我可是急于想到街上去看看,夜间那一些情景还都在我的心里,我愿白天再去看一眼,好比较比较,教我心中这张画儿有头有尾。天亮得似乎很慢,也许是我心中太急。天到底慢慢地亮起来,我们排上队。我又要笑,有的人居然把盘起来的辫子梳好了放下来,巡长们也作为没看见。有的人在快要排队的时候,还细细刷了刷制服,用布擦亮了皮鞋!街上有那么大的损失,还有人顾得擦亮了鞋呢。我怎能不笑呢!

到了街上,我无论如何也笑不出了!从前,我没真明白过什么叫作"惨",这回才真晓得了。天上还有几颗懒得下去的大星,云色在灰白中稍微带出些蓝,清凉,暗淡。到处是焦煳的气味,空中游动着一些白烟。铺户全敞着门,没有一个整窗子,大人和小徒弟都在门口,或坐或立,谁也不出声,也不动手收拾什么,像一群没有主儿的傻羊。火已经停止住延烧,可是已被烧残的地方还静静地冒着白烟,吐着细小而明亮的火苗。微风一吹,那烧焦的房柱忽然又亮起来,顺着风摆开一些小火旗。最初起火的几家已成了几个巨大的焦土堆,山墙没有倒,空空地围抱着几座冒烟的坟头。最后燃烧的地方还都立着,墙与前脸全没塌倒,可是门窗一律烧掉,成了些黑洞。有一只猫还在这样的一家门口坐着,被烟熏地连连打嚏,可是还不肯离开那里。

平日最热闹体面的街口变成了一片焦木头破瓦,成群的焦柱静静地立着,东西南北都是这样,懒懒地,无聊地,欲罢不能地冒着些烟。地狱什么样?我不知道。大概这就差不多吧!我一低头,便想起往日街头上的景象,那些体面的铺户是多么华丽可爱。一抬头,眼前只剩了焦煳的那么一片。心中记得的景象与眼前看见的忽然碰到一处,碰出一些泪来。这就叫作"惨"吧?火场外有许多买卖人与学徒们呆呆地立着,手揣在袖里,对着残火发愣。遇见我们,他们只淡淡地看那么一眼,没有任何别的表示,仿佛他们已绝了望,用不着再动什么感情。

过了这一带火场,铺户全敞着门窗,没有一点动静,便道上马路上全是破碎的东西,比那火场更加凄惨。火场的样子教人一看便知道那是遭了火灾,这一片破碎静寂的铺户与东西使人莫名其妙,不晓得为什么繁华的街市会忽然变成绝大的垃圾堆。我就被派在这里站岗。我的责任是什么呢?不知道。我规规矩矩地立在那里,连动也不敢动,这破烂的街市仿佛有一股凉气,把我吸住。一些妇女和小孩子还在铺子外边拾取一些破东西,铺子的人不作声,我也不便去管;我觉得站在那里简直是多此一举。

太阳出来,街上显着更破了,像阳光下的叫花子那么丑陋。地上的每一个小物件都露出颜色与形状来,花哨的奇怪,杂乱得使人憋气。没有一个卖菜的,赶早市的,卖早点心的,没有一辆洋车,一匹马,整个的街上就是那么破破烂烂,冷冷清清,连刚出来的太阳都仿佛垂头丧气不大起劲,空空洞洞地悬在天上。一个邮差从我身旁走过去,低着头,身后扯着一条长影。我哆嗦了一下。

待了一会儿,段上的巡官下来了。他身后跟着一名巡警,两人都非常的精神在马路当中当当地走,好像得了什么喜事似的。巡官告诉我:注意街上的秩序,大令已经下来了!我行了礼,莫名其妙他说的是什么?那名巡警似乎看出来我的傻气,低声找补了一句:赶开那些拾东西的,大令下来了!我没心思去执行,可是不敢公然违抗命令,我走到铺户外边,向那些妇人孩子们摆了摆手,我说不出话来!

一边这样维持秩序,我一边往猪肉铺走,为是说一声,那件大褂等我给洗好了再送来。屠户在小肉铺门口坐着呢，我没想到这样的小铺也会遭抢，可是竟自成个空铺子了。我说了句什么，屠户连头也没抬。我往铺子里望了望：大小肉墩子，肉钩子，钱筒子，油盘，凡是能拿走的吧，都被人家拿走了，只剩下了柜台和架肉案子的土台！

我又回到岗位，我的头痛得要裂。要是老教我看着这条街，我知道不久就会疯了。

大令真到了。十二名兵，一个长官，捧着就地正法的令牌，枪全上着刺刀。呕！原来还是辫子兵啊！他们抢完烧完，再出来就地正法别人；什么玩艺呢？我还得给令牌行礼呀！

行完礼，我急快往四下里看，看看还有没有捡拾零碎东西的人，好警告他们一声。连屠户的木墩都搬了走的人民，本来值不得同情；可是被辫子兵们杀掉，似乎又太冤枉。

说时迟，那时快，一个十四五岁的男孩子没有走脱。枪刺围住了他，他手中还攥住一块木板与一只旧鞋。拉倒了，大刀亮出来，孩子喊了声"妈！"血溅出去多远，身子还抽动，头已悬在电线杆子上！

我连吐口唾沫的力量都没有了，天地都在我眼前翻转。杀人，看见过，我不怕。我是不平！我是不平！请记住这句，这就是前面所说过的，"我看出一点意思"的那点意思。

想想看，把整串的金银镯子提回营去，而后出来杀个拾了双破鞋的孩子，还说就地正"法"呢！天下要有这个"法"，我×"法"的亲娘祖奶奶！请原谅我的嘴这么野，但是这种事恐怕也不大文明吧？

事后，我听人家说，这次的兵变是有什么政治作用，所以打抢的兵在事后还出来弹压地面。连头带尾，一切都是预先想好了的。什么政治作用？咱不懂！咱只想再骂街。可是，就凭咱这么个"臭脚巡"，骂街又有什么用呢！

九

简直我不愿再提这回事了，不过为圆上场面，我总得把问题提出来；提出来放在这里，比我聪明的人有的是，让他们自己去细咂摸吧！

怎么会"政治作用"里有兵变？

若是有意教兵来抢，当初干吗要巡警？

巡警到底是干吗的？是只管在街上小便的，而不管抢铺子的吗？

安善良民要是会打抢，巡警干吗去专拿小偷？

人们到底愿意要巡警不愿意？不愿意吧！为什么刚要打

架就喊巡警,而且月月往外拿"警捐"?愿意吧!为什么又喜欢巡警不管事:要抢的好去抢,被抢的也一声不言语?

好吧,我只提出这么几个"样子"来吧!问题还多得很呢!我既不能去解决,也就不便再瞎叨叨了。这几个"样子"就真够教我糊涂的了,怎想怎不对,怎摸不清哪里是哪里,一会儿它有头有尾,一会儿又没头没尾,我这点聪明不够想这么大的事的。

我只能说这么一句老话,这个人民,连官儿,兵丁,巡警,带安善的良民,都"不够本"!所以,我心中的空儿就更大了呀!在这群"不够本"的人们里活着,就是个对付劲儿,别讲究什么"真"事儿,我算是看明白了。

还有个好字眼儿,别忘下:"汤儿事"。谁要是跟我一样,想不出什么好办法来,顶好用这个话,又现成,又恰当,而且可以不至把自己绕糊涂了。"汤儿事",完了;如若还嫌稍微秃一点呢,再补上"真他妈的",就挺合适。

十

不须再发什么议论,大概谁也能看清楚咱们国的人是怎回事了。由这个再谈到警察,稀松二五眼正是理之当然,一点也不出奇。就拿抓赌来说吧：早年间的赌局都是由顶有字号的人物作后台老板；不但官面上不能够抄拿，就是出了人命也没有什么了不得的；赌局里打死人是常有的事。赶到有了巡警之后，赌局还照旧开着，敢去抄吗？这谁也能明白，不必我说。可是，不抄吧，又太不像话；怎么办呢？有主意，检着那老实的办几案，拿几个老头儿老太太，抄去几打儿纸牌，罚上十头八块的。巡警呢，算交上了差事；社会上呢，大小也有个风声，行了。拿这一件事比方十件事，警察自从一开头就是抹稀泥。它养着一群混饭吃的人，作些个混饭吃的事。社会上既不需要真正的巡警，巡警也犯不上为六块钱卖命。这很清楚。

　　这次兵变过后，我们的困难增多了老些。年轻的小伙子们，抢着了不少的东西，总算发了邪财。有的穿着两件马褂，有的十个手指头戴着十个戒指，都扬扬得意地在街上扭，斜眼看着巡警，鼻子里哽哽地哼白气。我只好低下头去，本来吗，那么大的阵式，我们巡警都一声没出，事后还能怨人家小看我们吗？赌局到处都是，白抢来的钱，输光了也不折本儿呀！我们不敢去抄，想抄也抄不过来，太多了。我们在墙儿外听见人家里面喊"人九""对子"，只作为没听见，轻轻地走过去。反正人们在院儿里头耍，不到街上来就行。

哼！人们连这点面子也不给咱们留呀！那穿两件马褂的小伙子们偏要显出一点也不怕巡警——他们的祖父，爸爸，就没怕过巡警，也没见过巡警，他们为什么这辈子应当受巡警的气呢？——单要来到街上赌一场。有骰子就能开宝，蹲在地上就玩起活来。有一对石球就能踢，两人也行，五个人也行，"一毛钱一脚，踢不踢？好啦！'倒回来！'"拍，球碰了球，一毛。耍儿真不小呢，一点钟里也过手好几块。这都在我们鼻子底下，我们管不管呢？管吧！一个人，只佩着连豆腐也切不齐的刀，而赌家老是一帮年轻的小伙子。明人不吃眼前亏，巡警得绕着道儿走过去，不管的为是。可是，不幸，遇见了稽察，"你难道瞎了眼，看不见他们聚赌？"回去，至轻是记一过。这份儿委屈上哪儿诉去呢？

这样的事还多得很呢！以我自己说，我要不是佩着那么把破刀，而是拿着把手枪，跟谁我也敢碰碰，六块钱的饷银自然合不着卖命，可是泥人也有个土性，架不住碰在气头儿上。可是，我摸不着手枪，枪在土匪和大兵手里呢。

明明看见了大兵坐了车不给钱，而且用皮带抽洋车夫，我不敢不笑着把他劝了走。他有枪，他敢放，打死个巡警算得了什么呢！有一年，在三等窑子里，大兵们打死了我们三位弟兄，我们连凶手也没要出来。三位弟兄白白地死了，没有一个抵偿的,连一个挨几十军棍的也没有!他们的枪随便放,我们赤手空拳,我们这是文明事儿呀!

总而言之吧,在这么个以蛮横不讲理为荣,以破坏秩序为增光耀祖的社会里,巡警简直是多余。明白了这个,再加上我们前面所说过的食不饱力不足那一套,大概谁也能明白个八九成了。我们不抹稀泥,怎么办呢?我——我是个巡警——并不求谁原谅,我只是愿意这么说出来,心明眼亮,好教大家心里有个谱儿。

爽性我把最泄气的也说了吧:

当过了一二年差事,我在弟兄们中间已经是个了不得的人物。遇见官事,长官们总教我去挡头一阵。弟兄们并不因此而忌妒我,因为对大家的私事我也不走在后边。这样,每逢出个排长的缺,大家总对我咕唧:"这回一定是你补缺了!"仿佛他们非常希望要我这个排长似的。虽然排长并没落在我身上,可是我的才干是大家知道的。

我的办事诀窍,就是从前面那一大堆话中抽出来的。比方说吧,有人来报被窃,巡长和我就去察看。糙糙地把门窗户院看一过儿,顺口搭音就把我们在哪儿有岗位,夜里有几趟巡逻,都说得详详细细,有滋有味,仿佛我们比谁都精细,都卖力气。然后,找门窗不甚严密的地方,话软而意思硬地开始反攻:"这扇门可不大保险,得安把洋锁吧?告诉你,安锁要往下安,门坎那溜儿就很好,不容易教贼摸到。屋里养着条小狗也是办法,狗圈在屋里,不管是多么小,有动静就会汪汪,比院里放着三条大狗还有用。先生你看,我们多留点神,你自己也得注点意,两下一凑合,准保丢不了东西了。好吧,我们回去,多派几名下夜的就是了;先生歇着吧!"这一套,把我们的责任卸了,他就赶紧得安锁养小狗;遇见和气的主儿呢,还许给我们泡壶茶喝。这就是我的本事。怎么不负责任,而且不教人看出抹稀泥来,我就怎办。话要说得好听,甜嘴蜜舌的把责任全推到一边去,准保不招灾不惹祸。弟兄们都会这一套,可是他们的嘴与神气差着点劲儿。一句话有多少种说法,把神气弄对了地方,话就能说出去又拉回来,像有弹簧似的。这点,我比他们强,而且他们还是学不了去,这是天生来的才分!

赶到我独自下夜,遇见贼,你猜我怎么办?我呀!把佩刀攥在手里,省得有响声;他爬他的墙,我走我的路,各不相扰。好吗,真要教他记恨上我,藏在黑影儿里给我一砖,我受得了吗?那谁,傻王九,不是瞎了一只眼吗?他还不是为拿贼呢!有一天,他和董志和在街口上强迫给人们剪发,一人手里一把剪刀,见着带小辫的,拉过来就是一剪子。哼!

教人家记上了。等傻王九走单了的时候，人家照准了他的眼就是一把石灰："让你剪我的发，×你妈妈的！"他的眼就那么瞎了一只。你说，这差事要不像我那么去当，还活着不活着呢？凡是巡警们以为该干涉的，人们都以为是"狗拿耗子多管闲事"，有什么法子呢？

我不能像傻王九似的，平白无故地丢去一只眼睛，我还留着眼睛看这个世界呢！轻手蹑脚地躲开贼，我的心里并没闲着，我想我那俩没娘的孩子，我算计这一个月的嚼谷。也许有人一五一十地算计，而用洋钱作单位吧？我呀，得一个铜子一个铜子地算。多几个铜子，我心里就宽绰；少几个，我就得发愁。还拿贼，谁不穷呢？穷到无路可走，谁也会去偷，肚子才不管什么叫作体面呢！

十一

这次兵变过后，又有一次大的变动：大清国改为中华民国了。改朝换代是不容易遇上的，我可是并没觉得这有什么意思。说真的，这百年不遇的事情，还不如兵变热闹呢。据说，一改民国，凡事就由人民主管了；可是我没看见。我还是巡警，饷银没有增加，天天出来进去还是那一套。原先我受别人的气，现在我还是受气；原先大官儿们的车夫仆人欺负我们，现在新官儿手底下的人也并不和气。"汤儿事"还是"汤儿事"，倒不因为改朝换代有什么改变。可也别说，街上剪发的人比从前多了一些，总得算作一点进步吧。牌九押宝慢慢地也少起来，贫富人家都玩"麻将"了，我们还是照样地不敢去抄赌，可是赌具不能不算改了良，文明了一些。

民国的民倒不怎样，民国的官和兵可了不得！像雨后的蘑菇似的，不知道哪儿来的这么些官和兵。官和兵本不当放在一块儿说，可是他们的确有些相像的地方。昨天还一脚黄土泥，今天作了官或当了兵，立刻就瞪眼；越糊涂，眼越瞪得大，好像是糊涂灯，糊涂得透亮儿。这群糊涂玩艺儿听不懂哪叫好话，哪叫歹话，无论你说什么；他们总是横着来。他们糊涂得教人替他们难过，可是他们很得意。有时候他们教我都这么想了：我这辈大概作不了文官或是武官啦！因为我糊涂得不够程度！

几乎是个官儿就可以要几名巡警来给看门护院，我们成了一种保镖的，挣着公家的钱，可为私人作事。我便被派到宅门里去。从道理上说，为官员看守私宅简直不能算作差事；从实利上讲，巡警们可都愿意这么被派出来。我一被派出来，就拔升为"三等警"；"招募警"还没有被派出来的资格呢！

我到这时候才算入了"等"。再说呢，宅门的事情清闲，除了站门，守夜，没有别的事可作；至少一年可以省出一双皮鞋来。事情少，而且外带着没有危险；宅里的老爷与太太若打起架来，用不着我们去劝，自然也就不会把我们打在底下而受点误伤。巡夜呢，不过是绕着宅子走两圈，准保遇不上贼；墙高狗厉害，小贼不能来，大贼不便于来——大贼找退职的官儿去偷，既有油水，又不至于引起官面严拿；他们不惹有势力的现任官。在这里，不但用不着去抄赌，我们反倒保护着老爷太太们打麻将。遇到宅里请客玩牌，我们就更清闲自在：宅门外放着一片车马，宅里到处亮如白昼，仆人来往如梭，两三桌麻将，四五盏烟灯，彻夜地闹哄，绝不会闹贼，我们就睡大觉，等天亮散局的时候，我们再出来站门行礼，给老爷们助威。要赶上宅里有红白事，我们就更合适：喜事唱戏，我们跟着白听戏，准保都是有名的角色，在戏园子里绝听不到这么齐全。丧事呢，虽然没戏可听，可是死人不能一半天就抬出去，至少也得停三四十天，念好几棚经；好了，我们就跟着吃吧；他们死人，咱们就吃犒劳。怕就怕死小孩，既不能开吊，又得听着大家呕呕地真哭。其次是怕小姐偷偷跑了，或姨太太有了什么大错而被休出去，我们捞不着吃喝看戏，还得替老爷太太们怪不得劲儿的！

教我特别高兴的，是当这路差事，出入也随便了许多，我可以常常回家看看孩子们。在"区"里或"段"上，请会儿浮假都好不容易，因为无论是在"内勤"或"外勤"，工作是刻板儿排好了的，不易调换更动。在宅门里，我站完门便没了我的事，只须对弟兄们说一声就可以走半天。这点好处常常教我害怕，怕再调回"区"里去；我的孩子们没有娘，还不多教他们看看父亲吗？

就是我不出去，也还有好处。我的身上既永远不疲乏，心里又没多少事儿，闲着干什么呢？我呀，宅上有的是报纸，闲着就打头到底的念。大报小报，新闻社论，明白吧不明白吧，我全念，老念。这个，帮助我不少，我多知道了许多的事，多识了许多的字。有许多字到如今我还念不出来，可是看惯了，我会猜出它们的意思来，就好像街面上常见着的人，虽然叫不上姓名来，可是彼此怪面善。除了报纸，我还满世界去借闲书看。不过，比较起来，还是念报纸的益处大，事情多，字眼儿杂，看着开心。唯其事多字多，所以才费劲；念到我不能明白的地方，我只好再拿起闲书来了。闲书老是那一套，看了上回，猜也会猜到下回是什么事；正因为它这样，所以才不必费力，看着玩玩就算了。报纸开心，闲书散心，这是我的一点经验。

在门儿里可也有坏处：吃饭就第一成了问题。在"区"里或"段"上，我们的伙食钱是由饷银里坐地儿扣，好歹不拘，天天到时候就有饭吃。派到宅门里来呢，一共三五个人，绝不能找厨子包办伙食，没有厨子肯包这么小的买卖的。宅里的厨房呢，又不许我们用；人家老爷们要巡警，因为知道可以白使唤几个穿制服的人，并不大管这群人有肚子没有。我们怎办呢？自己起灶，作不到，买一堆盆碗锅勺，知道哪时就又被调了走呢？再说，人家门头上要巡警原为体面好看，好，我们若是给人家弄得盆朝天碗朝地，刀勺乱响，成何体统呢？没法子，只好买着吃。

这可够别扭的。手里若是有钱，不用说，买着吃是顶自由了，爱吃什么就叫什么，弄两盅酒儿伍的，叫俩可口的菜，岂不是个乐子？请别忘了，我可是一月才共总进六块钱！吃的苦还不算什么，一顿一顿想主意可真教人难过，想着想着我就要落泪。我要省钱，还得变个样儿，不能老啃干馍馍辣饼子，像填鸭子似的。省钱与可口简直永远不能碰到一块，想想钱，我认命吧，还是弄几个干烧饼，和一块老腌萝卜，对付一下吧；想到身子，似乎又不该如此。想，越想越难过，越不能决定；一直饿到太阳平西还没吃上午饭呢！

我家里还有孩子呢！我少吃一口，他们就可以多吃一口，谁不心疼孩子呢？吃着包饭，我无法少交钱；现在我可以自由地吃饭了，为什么不多给孩子们省出一点来呢？好吧，我有八个烧饼才够，就硬吃六个，多喝两碗开水，来个"水饱"！我怎能不落泪呢！

看看人家宅门里吧，老爷挣钱没数儿！是呀，只要一打听就能打听出来他拿多少薪俸，可是人家绝不指着那点固定的进项，就这么说吧，一月挣八百块的，若是干挣八百块，他怎能那么阔气呢？这里必定有文章。这个文章是这样的，你要是一月挣六块钱，你就死挣那个数儿，你兜儿里忽然多出一块钱来，都会有人斜眼看你，给你造些谣言。你要是能挣五百块，就绝不会死挣这个数儿，而且你的钱越多，人们越佩服你。这个文章似乎一点也不合理，可是它就是这么作出来的，你爱信不信！

报纸与宣讲所里常常提倡自由；事情要是等着提倡，当然是原来没有。我原没有自由；人家提倡了会子，自由还没来到我身上，可是我在宅门里看见它了。民国到底是有好处的，自己有自由没有吧，反正看见了也就得算开了眼。

你瞧，在大清国的时候，凡事都有个准谱儿；该穿蓝布大褂的就得穿蓝布大褂，有钱也不行。这个，大概就应叫作专制吧！一到民国来，宅门里可有了自由，只要有钱，你爱穿什么，吃什么，戴什么，都可以，没人敢管你。所以，为争自由，得拼命地去搂钱；搂钱也自由，因为民国没有御史。你要是没在大宅门待过，大概你还不信我的话呢，你去看看好了。现在的一个小官都比老年间的头品大员多享着点福：讲吃的，现在交通方便，山珍海味随便的吃，只要有钱。吃腻了这些还可以拿西餐洋酒换换口味；哪一朝的皇上大概也没吃过洋饭吧？讲穿的，讲戴的，讲看的听的，使的用的，都是如此；坐在屋里你可以享受全世界最好的东西。如今享福的人才真叫作享福，自然如今搂钱也比从前自由得多。别的我不敢说，我准知道宅门里的姨太太擦五十块钱一小盒的香粉，是由什么巴黎来的；巴黎在哪儿？我不知道，反正那里来的粉是很贵。我的邻居李四，把个胖小子卖了，才得到四十块钱，足见这香粉贵到什么地步了，一定是又细又香呀，一定！

好了，我不再说这个了；紧自贫嘴恶舌，倒好像我不赞成自由似的，那我哪敢呢！

我再从另一方面说几句，虽然还是话里套话，可是多少有点变化，好教人听着不俗气厌烦。刚才我说人家宅门里怎样自由，怎样阔气，谁可也别误会了人家作老爷的就整天地大把往外扔洋钱，老爷们才不这么傻呢！是呀，姨太太擦比一个小孩还贵的香粉，但是姨太太是姨太太，姨太太有姨太太的造化与本事。人家作老爷的给姨太太买那么贵的粉，正因为人家有地方可以抠出来。你就这么说吧，好比你作了老爷，我就能按着宅门的规矩告诉你许多诀窍：你的电灯，自来水，煤，电话，手纸，车马，天棚，家具，信封信纸，花草，都不用花钱；最后，你还可以白使唤几名巡警。这是规矩，你要不明白这个，你简直不配作老爷。告诉你一句到底的话吧，作老爷的要空着手儿来，满膛满馅地去，就好像刚惊蛰后的臭虫，来的时候是两张皮，一会儿就变成肚大腰圆，满兜儿血。这个比喻稍粗一点，意思可是不错。自由地搂钱，专制地省钱，两下里一合，你的姨太太就可以擦巴黎的香粉了。这句话也许说得太深奥了一些，随便吧！你爱懂不懂。

这可就该说到我自己了。按说，宅门里白使唤了咱们一年半载，到节了年了的，总该有个人心，给咱们哪怕是顿犒劳饭呢，也大小是个意思。哼！休想！人家作老爷的钱都留着给姨太太花呢，巡警算哪道货？等咱被调走的时候，求老爷给"区"里替我说句好话，咱都得感激不尽。

你看，命令下来，我被调到别处。我把铺盖卷打好，然后恭而敬之地去见宅上的老爷。看吧，人家那股子劲儿大了去啦！带理不理的，倒仿佛我偷了他点东西似的。我托咐了几句：求老爷顺便和"区"里说一声，我的差事当得不错。人家微微地一抬眼皮，连个屁都懒得放。我只好退出来了，人家连个拉铺盖的车钱也不给；我得自己把它扛了走。这就是他妈的差事，这就是他妈的人情！

十二

机关和宅门里的要人越来越多了。我们另成立了警卫队，一共有五百人，专作那义务保镖的事。为是显出我们真能保卫老爷们，我们每人有一杆洋枪，和几排子弹。对于洋枪——这些洋枪——我一点也不感觉兴趣：它又沉，又老，又破，我摸不清这是由哪里找来的一些专为压人肩膀，而一点别的用处没有的玩艺儿。我的子弹老在腰间围着，永远不准往枪里搁；到了什么大难临头，老爷们都逃走了的时候，我们才安上刺刀。

这可并非是说，我可以完全不管那枝破家伙；它虽然是那么破，我可得给它支使着。枪身里外，连刺刀，都得天天擦；即使永远擦不亮，我的手可不能闲着。心到神知！再说，有了枪，身上也就多了些玩艺儿，皮带，刺刀鞘，子弹袋子，全得弄得利落抹腻，不能像猪八戒挎腰刀那么懈懈松松的，还得打裹腿呢!

多出这么些事来,肩膀上添了七八斤的分量,我多挣了一块钱;现在我是一个月挣七块大洋了,感谢天地!

七块钱,扛枪,打裹腿,站门,我干了三年多。由这个宅门串到那个宅门,由这个衙门调到那个衙门;老爷们出来,我行礼;老爷进去,我行礼。这就是我的差事。这种差事才毁人呢:你说没事作吧,又有事;说有事作吧,又没事。还不如上街站岗去呢。在街上,至少得管点事,用用心思。在宅门或衙门,简直永远不用费什么一点脑子。赶到在闲散的衙门或汤儿事的宅子里,连站门的时候都满可以随便,挂着枪立着也行,抱着枪打盹也行。这样的差事教人不起一点儿劲,它生生地把人耗疲了。一个当仆人的可以有个盼望,哪儿的事情甜就想往哪儿去,我们当这份儿差事,明知一点好来头没有,可是就那么一天天地穷耗,耗得连自己都看不起了自己。按说,这么空闲无事,就应当吃得白白胖胖,也总算个体面呀。哼!我们并蹲不出膘儿来。我们一天老绕着那七块钱打算盘,穷得揪心。心要是揪上,还怎么会发胖呢?以我自己说吧,我的孩子已到上学的年岁了,我能不教他去吗?上学就得花钱,古今一理,不算出奇,可是我上哪里找这份钱去呢?作官的可以白占许多许多便宜,当巡警的连孩子白念书的地方也没有。上私塾吧，学费节礼，书籍笔墨，都是钱。上学校吧，制服，手工材料，种种本子，比上私塾还费得多。再说，孩子们在家里，饿了可以掰一块窝窝头吃；一上学，就得给点心钱，即使咱们肯教他揣着块窝窝头去，他自己肯吗？小孩的脸是更容易红起来的。

我简直没办法。这么大个活人，就会干瞪着眼睛看自己的儿女在家里荒荒着！我这辈无望了，难道我的儿女应当更不济吗？看着人家宅门的小姐少爷去上学，喝！车接车送，到门口还有老妈子丫环来接书包，抱进去，手里拿着橘子苹果，和新鲜的玩具。人家的孩子这样，咱的孩子那样；孩子不都是将来的国民吗？我真想辞差不干了。我愣当仆人去，弄俩零钱，好教我的孩子上学。

可是人就是别入了辙，入到哪条辙上便一辈子拔不出腿来。当了几年的差事——虽然是这样的差事——我事事入了辙，这里有朋友，有说有笑，有经验，它不教我起劲，可是我也仿佛不大能狠心得离开它。再说，一个人的虚荣心每每比金钱还有力量，当惯了差，总以为去当仆人是往下走一步，虽然可以多挣些钱。这可笑，很可笑，可是人就是这么个玩艺儿。我一跟朋友们说这个，大家都摇头。有的说，大家混得都很好的，干吗去改行？有的说，这山望着那山高，咱们这些苦人干什么也发不了财,先忍着吧!有的说,人家中学毕业生还有当"招募警"的呢,咱们有这个差事当,就算不错;何必呢?连巡官都对我说了:好歹混着吧,这是差事;凭你的本事,日后总有升腾!大家这么一说,我的心更活了,仿佛我要是固执起来,倒不大对得住朋友似的。好吧,还往下混吧。小孩念书的事呢?没有下文!

不久,我可有了个好机会。有位冯大人哪,官职大得很,一要就要十二名警卫;四名看门,四名送信跑道,四名作跟随。这四名跟随得会骑马。那时候,汽车还没出世,大官们都讲究坐大马车。在前清的时候,大官坐轿或坐车,不是前有顶马,后有跟班吗?这位冯大人愿意恢复这点官威,马车后得有四名带枪的警卫。敢情会骑马的人不好找,找遍了全警卫队,才找到了三个;三条腿不大像话,连巡官都急得直抓脑袋。我看出便宜来了:骑马,自然得有粮钱哪!为我的小孩念书起见,我得冒下子险,假如从马粮钱里能弄出块儿八毛的来,孩子至少也可以去私塾了。按说,这个心眼不甚好,可是我这是卖着命,我并不会骑马呀!我告诉了巡官,我愿意去。他问我会骑马不会?我没说我会,也没说我不会;他呢,反正找不到别人,也就没究根儿。

有胆子,天下便没难事。当我头一次和马见面的时候,我就合计好了：摔死呢，孩子们入孤儿院，不见得比在家里坏；摔不死呢，好，孩子们可以念书去了。这么一来，我就先不怕马了。我不怕它，它就得怕我，天下的事不都是如此吗？再说呢，我的腿脚利落，心里又灵，跟那三位会骑马的瞎扯巴了一会儿，我已经把骑马的招数知道了不少。找了匹老实的，我试了试，我手心里攥着把汗，可是硬说我有了把握。头几天，我的罪过真不小，浑身像散了一般，屁股上见了血。我咬了牙。等到伤好了，我的胆子更大起来，而且觉出来骑马的快乐。跑，跑，车多快，我多快，我算是治服了一种动物！

我把马治服了，可是没把粮草钱拿过来，我白冒了险。冯大人家中有十几匹马呢，另有看马的专人，没有我什么事。我几乎气病了。可是，不久我又高兴了：冯大人的官职是这么大，这么多，他简直没有回家吃饭的工夫。我们跟着他出去，一跑就是一天。他当然喽，到处都有饭吃，我们呢？我们四个人商议了一下，决定跟他交涉，他在哪里吃饭，也得有我们的。冯大人这个人心眼还不错，他很爱马，爱面子，爱手下的人。我们一对他说，他马上答应了。这个，可是个便宜。不用往多里说。我们要是一个月准能在外边白吃半个月的饭，我们不就省下半个月的饭钱吗？我高了兴！

冯大人，我说，很爱面子。当我们去见他交涉饭食的时候，他细细看了看我们。看了半天，他摇了摇头，自言自语地说："这可不行！"我以为他是说我们四个人不行呢，敢情不是。他登时要笔墨，写了个条子："拿这个见总队长去，教他三天内都办好！"把条子拿下来，我们看了看，原来是教队长给我们换制服：我们平常的制服是斜纹布的，冯大人现在教换呢子的；袖口，裤缝，和帽箍，一律要安金绦子。靴子也换，要过膝的马靴。枪要换上马枪，还另外给一人一把手枪。看完这个条子，连我们自己都觉得不合适：长官们才能穿呢衣，镶金绦，我们四个是巡警，怎能平白无故地穿上这一套呢？自然，我们不能去教冯大人收回条子去，可是我们也怪不好意思去见总队长。总队长要是不敢违抗冯大人，他满可以对我们四个人发发脾气呀！

你猜怎么着？总队长看了条子，连大气没出，照话而行，都给办了。你就说冯大人有多么大的势力吧！喝！我们四个人可抖起来了，真正细黑呢制服，镶着黄登登的金绦，过膝的黑皮长靴，靴后带着白亮亮的马刺，马枪背在背后，手枪挎在身旁，枪匣外搭拉着长杏黄穗子。简直可以这么说吧，全城的巡警的威风都教我们四个人给夺过来了。我们在街上走，站岗的巡警全都给我们行礼，以为我们是大官儿呢！

当我作裱糊匠的时候，稍微讲究一点的烧活，总得糊上匹菊花青的大马。现在我穿上这么抖的制服，我到马棚去挑了匹菊花青的马，这匹马非常的闹手，见了人是连啃带踢；我挑了它，因为我原先糊过这样的马，现在我得骑上匹活的；菊花青，多么好看呢！这匹马闹手，可是跑起来真作脸，头一低，嘴角吐着点白沫，长鬃像风吹着一垄春麦，小耳朵立着像俩小瓢儿；我只须一认镫，它就要飞起来。这一辈子，我没有过什么真正得意的事；骑上这匹菊花青大马，我必得说，我觉到了骄傲与得意！

按说，这回的差事总算过得去了，凭那一身衣裳与那匹马还不值得高高兴兴的混吗？哼！新制服还没穿过三个月，冯大人吹了台，警卫队也被解散；我又回去当三等警了。

十三

警卫队解散了。为什么？我不知道。我被调到总局里去当差，并且得了一面铜片的奖章，仿佛是说我在宅门里立下了什么功劳似的。在总局里，我有时候管户口册子，有时候管铺捐的账簿，有时候值班守大门，有时候看管军装库。这么二三年的工夫，我又把局子里的事情全明白了个大概。

加上我以前在街面上，衙门口和宅门里的那些经验，我可以算作个百事通了，里里外外的事，没有我不晓得的。要提起警务，我是地道内行。可是一直到这个时候，当了十年的差，我才升到头等警，每月挣大洋九元。

大家伙或者以为巡警都是站街的，年轻轻的好管闲事。其实，我们还有一大群人在区里局里藏着呢。假若有一天举行总检阅，你就可以看见些稀奇古怪的巡警：罗锅腰的，近视眼的，掉了牙的，瘸着腿的，无奇不有。这些怪物才真是巡警中的盐，他们都有资格有经验，识文断字，一切公文案件，一切办事的诀窍，都在他们手里呢。要是没有他们，街上的巡警就非乱了营不可。这些人，可是永远不会升腾起来；老给大家办事，一点起色也没有，平生连出头露面的体面一次都没有过。他们任劳任怨地办事，一直到他们老得动不了窝，老是头等警，挣九块大洋。多嗻你在街上看见：穿着洗得很干净的灰布大褂，脚底下可还穿着巡警的皮鞋，用脚后跟慢慢地走，仿佛支使不动那双鞋似的，那就准是这路巡警。他们有时候也到大"酒缸"上，喝一个"碗酒"，就着十几个花生豆儿，挺有规矩，一边往下咽那点辣水，一边叹着气。头发已经有些白的了，嘴巴儿可还刮得很光，猛看很像个太监。他们很规则，和蔼，会作事，他们连休息的时候还得穿着那双不得人心的鞋!

跟这群人在一处办事,我长了不少的知识。可是,我也有点害怕:莫非我也就这样下去了吗?他们够多么可爱,又多么可怜呢!看着他们,我心中时常忽然凉那么一下,教我半天说不上话来。不错,我比他们都年岁小,也不见得比他们不精明,可是我有希望没有呢?年岁小?我也三十六了!

这几年在局子里可也有一样好处,我没受什么惊险。这几年,正是年年春秋准打仗的时期,旁人受的罪我先不说,单说巡警们就真够瞧的。一打仗,兵们就成了阎王爷,而巡警头朝了下!要粮,要车,要马,要人,要钱,全交派给巡警,慢一点送上去都不行。一说要烙饼一万斤,得,巡警就得挨着家去到切面铺和烙烧饼的地方给要大饼;饼烙得,还得押着清道夫给送到营里去;说不定还挨几个嘴巴回来!

要单是这么伺候着兵老爷们,也还好;不,兵老爷们还横反呢。凡是有巡警的地方,他们非捣乱不可,巡警们管吧不好,不管吧也不好,活受气。世上有糊涂人,我晓得;但是兵们的糊涂令我不解。他们只为逞一时的字号,完全不讲情理;不讲情理也罢,反正得自己别吃亏呀;不,他们连自己吃亏不吃亏都看不出来,你说天下哪里再找这么糊涂的人呢。就说我的表弟吧,他已当过十多年的兵,后来几年还老是排长,按说总该明白点事儿了。哼!那年打仗,他押着十几名俘虏往营里送。喝!他得意非常的在前面领着,仿佛是个皇上似的。他手下的弟兄都看出来,为什么不先解除了俘虏的武装呢?他可就是不这么办,拍着胸膛说一点错儿没有。走到半路上,后面响了枪,他登时就死在了街上。他是我的表弟,我还能盼着他死吗?可是这股子糊涂劲儿,教我也没法抱怨开枪打他的人。有这样一个例子,你也就能明白一点兵们是怎样的难对付了。你要是告诉他,汽车别往墙上开,好啦,他就非去碰碰不可,把他自己碰死倒可以,他就是不能听你的话。

在总局里几年,没别的好处,我算是躲开了战时的危险与受气。自然啰!一打仗,煤米柴炭都涨价儿,巡警们也随着大家一同受罪,不过我可以安坐在公事房里,不必出去对付大兵们,我就得知足。

可是,在局里我又怕一辈子就窝在那里,永没有出头之日,有人情,可以升腾起来;没人情而能在外边拿贼办案,也是个路子,我既没人情,又不到街面上去,打哪儿升高一步呢?我越想越发愁。

十四

到我四十岁那年,大运亨通,我补了巡长!我顾不得想已经当了多少年的差,卖了多少力气,和巡长才挣多少钱;都顾不得想了。我只觉得我的运气来了!

小孩子拾个破东西,就能高兴的玩耍半天,所以小孩子能够快乐。大人们也得这样,或者才能对付着活下去。细细一想,事情就全糟。我升了巡长,说真的,巡长比巡警才多挣几块钱呢?挣钱不多,责任可有多么大呢!往上说,对上司们事事得说出个谱儿来;往下说,对弟兄们得又精明又热诚;对内说,差事得交得过去;对外说,得能不软不硬的办了事。这,比作知县难多了。县长就是一个地方的皇上,巡长没那个身份,他得认真办事,又得敷衍事,真真假假,虚虚实实,哪一点没想到就出蘑菇。出了蘑菇还是真糟,往上升腾不易呀,往下降可不难呢。当过了巡长再降下来,派到哪里去也不吃香:弟兄们咬吃,喝!你这作过巡长的,……这个那个的扯一堆。长官呢,看你是刺儿头,故意的给你小鞋穿,你怎么忍也忍不下去。怎办呢?哼!由巡长而降为巡警,顶好干脆卷铺盖家去,这碗饭不必再吃了。可是,以我说吧，四十岁才升上巡长，真要是卷了铺盖，我干吗去呢？

真要是这么一想，我登时就得白了头发。幸而我当时没这么想，只顾了高兴，把坏事儿全放在了一旁。我当时倒这么想：四十作上巡长，五十——哪怕是五十呢！——再作上巡官，也就算不白当了差。咱们非学校出身，又没有大人情，能作到巡官还算小吗？这么一想，我简直的拼了命，精神百倍的看着我的事，好像看着颗夜明珠似的！

作了二年的巡长，我的头上真见了白头发。我并没细想过一切，可是天天揪着心，唯恐哪件事办错了，担了处分。白天，我老喜笑颜开地打着精神办公；夜间，我睡不实在，忽然想起一件事，我就受了一惊似的，翻来覆去地思索；未必能想出办法来，我的困意可也就不再回来了。

公事而外，我为我的儿女发愁：儿子已经二十了，姑娘十八。福海——我的儿子——上过几天私塾，几天贫儿学校，几天公立小学。字吗，凑在一块儿他大概能念下来第二册国文；坏招儿，他可学会了不少，私塾的，贫儿学校的，公立小学的，他都学来了，到处准能考一百分，假若学校里考坏招数的话。本来吗，自幼失了娘，我又终年在外边瞎混，他可不是爱怎么反就怎么反啵。我不恨铁不成钢去责备他，也不抱怨任何人，我只恨我的时运低，发不了财，不能好好的教育他。我不算对不起他们，我一辈子没给他们弄个后娘，给他们气受。至于我的时运不济，只能当巡警，那并非是我的错儿，人还能大过天去吗？

福海的个子可不小，所以很能吃呀！一顿胡搂三大碗芝麻酱拌面，有时候还说不很饱呢！就凭他这个吃法，他再有我这么两份儿爸爸也不中用！我供给不起他上中学，他那点"秀气"也没法考上。我得给他找事作。哼！他会作什么呢？

从老早，我心里就这么嘀咕：我的儿子愣可去拉洋车，也不去当巡警；我这辈子当够了巡警，不必世袭这份差事了！在福海十二三岁的时候，我教他去学手艺，他哭着喊着的一百个不去。不去就不去吧，等他长两岁再说；对个没娘的孩子不就得格外心疼吗？到了十五岁，我给他找好了地方去学徒，他不说不去，可是我一转脸，他就会跑回家来。几次我送他走，几次他偷跑回来。于是只好等他再大一点吧，等他心眼转变过来也许就行了。哼！从十五到二十，他就愣荒荒过来，能吃能喝，就是不爱干活儿。赶到教我给逼急了："你到底愿意干什么呢？你说！"他低着脑袋，说他愿意挑巡警！他觉得穿上制服，在街上走，既能挣钱，又能就手儿散心，不像学徒那样永远圈在屋里。我没说什么，心里可刺着痛。我给打了个招呼，他挑上了巡警。我心里痛不痛的，反正他有事作，总比死吃我一口强啊。父是英雄儿好汉，爸爸巡警儿子还是巡警，而且他这个巡警还必定跟不上我。我到四十岁才熬上巡长，他到四十岁，哼！不教人家开革出来就是好事！没盼望！我没续娶过，因为我咬得住牙。他呢，赶明儿个难道不给他成家吗？拿什么养着呢？

是的，儿子当了差，我心中反倒堵上个大疙疸！

再看女儿呀，也十八九了，紧自搁在家里算怎回事呢？当然，早早撮出去的为是，越早越好。给谁呢？巡警，巡警，还得是巡警？一个人当巡警，子孙万代全得当巡警，仿佛掉在了巡警阵里似的。可是，不给巡警还真不行呢：论模样，她没什么模样；论教育，她自幼没娘，只认识几个大字；论赔送，我至多能给她作两件洋布大衫；论本事，她只能受苦，没别的好处。巡警的女儿天生来的得嫁给巡警，八字造定，谁也改不了！

唉！给了就给了呗！撮出她去，我无论怎说也可以心净一会儿。并非是我心狠哪；想想看，把她撂到二十多岁，还许就剩在家里呢。我对谁都想对得起，可是谁又对得起我来着！我并不想唠里唠叨地发牢骚，不过我愿把事情都撂平了，谁是谁非，让大家看。

当她出嫁的那一天，我真想坐在那里痛哭一场。我可是没有哭；这也不是一半天的事了，我的眼泪只会在眼里转两转，简直地不会往下流！

十五

儿子有了事作，姑娘出了阁，我心里说：这我可能远走高飞了！假若外边有个机会，我愣把巡长搁下，也出去见识见识。什么发财不发财的，我不能就窝囊这么一辈子。

机会还真来了。记得那位冯大人呀，他放了外任官。我不是爱看报吗？得到这个消息，就找他去了，求他带我出去。他还记得我，而且愿意这么办。他教我去再约上三个好手，一共四个人随他上任。我留了个心眼，请他自己向局里要四名，作为是拨遣。我是这么想：假若日后事情不见佳呢，既省得朋友们抱怨我，而且还可以回来交差，有个退身步。他看我的办法不错，就指名向局里调了四个人。

这一喜可非同小喜。就凭我这点经验知识，管保说，到哪儿我也可以作个很好的警察局局长，一点不是瞎吹！一条狗还有得意的那一天呢，何况是个人？我也该抖两天了，四十多岁还没露过一回脸呢！

果然，命令下来，我是卫队长；我乐得要跳起来。

哼！也不是咱的命不好，还是冯大人的运不济；还没到任呢，又撤了差。猫咬尿泡，瞎欢喜一场！幸而我们四个人是调用，不是辞差；冯大人又把我们送回局里去了。我的心里既为这件事难过，又为回局里能否还当巡长发愁，我脸上瘦了一圈。

幸而还好，我被派到防疫处作守卫，一共有六位弟兄，由我带领。这是个不错的差事，事情不多，而由防疫处开我们的饭钱。我不确实地知道，大概这是冯大人给我说了句好话。

在这里，饭钱既不必由自己出，我开始攒钱，为是给福海娶亲——只剩了这么一档子该办的事了，爽性早些办了吧！

在我四十五岁上，我娶了儿媳妇——她的娘家父亲与哥哥都是巡警。可倒好，我这一家子，老少里外，全是巡警，凑吧凑吧，就可以成立个警察分所！

人的行动有时候莫名其妙。娶了儿媳妇以后，也不知怎么我以为应当留下胡子，才够作公公的样子。我没细想自己是干什么的，直入公堂的就留下胡子了。小黑胡子在我嘴上，我捻上一袋关东烟，觉得挺够味儿。本来吗，姑娘聘出去了，儿子成了家，我自己的事又挺顺当，怎能觉得不是味儿呢？

哼！我的胡子惹下了祸。总局局长忽然换了人，新局长到任就检阅全城的巡警。这位老爷是军人出身，只懂得立正看齐，不懂得别的。在前面我已经说过，局里区里都有许多老人们，长相不体面，可是办事多年，最有经验。我就是和局里这群老手儿排在一处的，因为防疫处的守卫不属于任何警区，所以检阅的时候便随着局里的人立在一块儿。

当我们站好了队，等着检阅的时候，我和那群老人们还有说有笑，自自然然的。我们心里都觉得，重要的事情都归我们办，提哪一项事情我们都知道，我们没升腾起来已经算很委屈了，谁还能把我们踢出去吗？上了几岁年纪，诚然，可是我们并没少作事儿呀！即使说老朽不中用了，反正我们都至少当过十五六年的差，我们年轻力壮的时候是把精神血汗耗费在公家的差事上，冲着这点，难道还不留个情面吗？谁能够看狗老了就一脚踢出去呢？我们心中都这么想，所以满没把这回事放在心里，以为新局长从远处瞭我们一眼也就算了。

局长到了，大个子胸前挂满了徽章，又是喊，又是蹦，活像个机器人。我心里打开了鼓。他不按着次序看，一眼看到我们这一排，他猛虎扑食似的就跑过来了。岔开脚，手握在背后，他向我们点了点头。然后忽然他一个箭步跳到我们跟前，抓起一个老书记生的腰带，像摔跤似的往前一拉，几乎把老书记生拉倒；抓着腰带，他前后摇晃了老书记生几把，然后猛一撒手，老书记生摔了个屁股墩。局长对准了他就是两口唾沫，"你也当巡警！连腰带都系不紧？来！拉出去毙了！"

我们都知道，凭他是谁，也不能枪毙人。可是我们的脸都白了，不是怕，是气的。那个老书记生坐在地上，哆嗦成了一团。

局长又看了看我们，然后用手指划了条长线，"你们全滚出去，别再教我看见你们！你们这群东西也配当巡警！"说完这个，仿佛还不解气，又跑到前面，扯着脖子喊："是有胡子的全脱了制服，马上走！"

有胡子的不止我一个，还都是巡长巡官，要不然我也不敢留下这几根惹祸的毛。

二十年来的服务，我就是这么被刷下来了。其实呢，我虽四十多岁，我可是一点也不显着老苍，谁教我留下了胡子呢！这就是说，当你年轻力壮的时候，你把命卖上，一月就是那六七块钱。你的儿子，因为你当巡警，不能读书受教育；你的女儿，因为你当巡警，也嫁个穷汉去吃窝窝头。你自己呢，一长胡子，就算完事，一个铜子的恤金养老金也没有，服务二十年后，你教人家一脚踢出来，像踢开一块碍事的砖头似的。五十以前，你没挣下什么，有三顿饭吃就算不错；五十以后，你该想主意了，是投河呢，还是上吊呢？这就是当巡警的下场头。

二十年来的差事，没作过什么错事，但我就这样卷了铺盖。

弟兄们有含着泪把我送出来的，我还是笑着；世界上不平的事可多了，我还留着我的泪呢！

十六

穷人的命——并不像那些施舍稀粥的慈善家所想的——不是几碗粥所能救活了的；有粥吃，不过多受几天罪罢了，早晚还是死。我的履历就跟这样的粥差不多，它只能帮助我找上个小事，教我多受几天罪；我还得去当巡警。除了说我当巡警，我还真没法介绍自己呢！它就像颗不体面的痣或瘤子，永远跟着我。我懒得说当过巡警，懒得再去当巡警，可是不说不当，还真连碗饭也吃不上，多么可恶呢！

歇了没有好久，我由冯大人的介绍，到一座煤矿上去作卫生处主任，后来又升为矿村的警察分所所长；这总算运气不坏。在这里我很施展了些我的才干与学问：对村里的工人，我以二十年服务的经验，管理得真叫不错。他们聚赌，斗殴，罢工，闹事，醉酒，就凭我的一张嘴，就事论事，干脆了当，我能把他们说得心服口服。对弟兄们呢，我得亲自去训练。他们之中有的是由别处调来的，有的是由我约来帮忙的，都当过巡警；这可就不容易训练，因为他们懂得一些警察的事儿，而想看我一手儿。我不怕，我当过各样的巡警，里里外外我全晓得；凭着这点经验，我算是没被他们给撅了。对内对外，我全有办法，这一点也不瞎吹。

假若我能在这里混上几年，我敢保说至少我可以积攒下个棺材本儿，因为我的饷银差不多等于一个巡官的，而到年底还可以拿一笔奖金。可是，我刚作到半年，把一切都布置得有个大概了，哼！我被人家顶下来了。我的罪过是年老与过于认真办事。弟兄们满可以拿些私钱，假若我肯睁着一只闭着一只眼的话。我的两眼都睁着，种下了毒。对外也是如此，我明白警察的一切，所以我要本着良心把此地的警务办得完完全全，真像个样儿。还是那句话，人民要不是真正的人民，办警察是多此一举，越办得好越招人怨恨。自然，容我办上几年，大家也许能看出它的好处来。可是，人家不等办好，已经把我踢开了。

在这个社会中办事,现在才明白过来,就得像发给巡警们皮鞋似的。大点,活该!小点,挤脚?活该!什么事都能办通了,你打算合大家的适,他们要不把鞋打在你脸上才怪。这次的失败,因为我忘了那三个宝贝字——"汤儿事",因此我又卷了铺盖。

这回,一闲就是半年多。从我学徒时候起,我无事也忙,永不懂得偷闲。现在,虽然是奔五十的人了,我的精神气力并不比那个年轻小伙子差多少。生让我闲着,我怎么受呢?由早晨起来到日落,我没有正经事作,没有希望,跟太阳一样,就那么由东而西地转过去;不过,太阳能照亮了世界,我呢,心中老是黑糊糊的。闲得起急,闲得要躁,闲得讨厌自己,可就是摸不着点儿事作。想起过去的劳力与经验,并不能自慰,因为劳力与经验没给我积攒下养老的钱,而我眼看着就是挨饿。我不愿人家养着我,我有自己的精神与本事,愿意自食其力地去挣饭吃。我的耳目好像作贼的那么尖,只要有个消息,便赶上前去,可是老空着手回来,把头低得无可再低,真想一跤摔死,倒也爽快!还没到死的时候,社会像要把我活埋了!晴天大日头的,我觉得身子慢慢往土里陷;什么缺德的事也没作过,可是受这么大的罪。一天到晚我叼着那根烟袋,里边并没有烟,只是那么叼着,算个"意思"而已。我活着也不过是那么个"意思",好像专为给大家当笑话看呢!

好容易,我弄到个事:到河南去当盐务缉私队的队兵。队兵就队兵吧,有饭吃就行呀!借了钱,打点行李,我把胡子剃得光光的上了"任"。

半年的工夫,我把债还清,而且升为排长。别人花俩,我花一个,好还债。别人走一步,我走两步,所以升了排长。委屈并挡不住我的努力,我怕失业。一次失业,就多老上三年,不饿死,也憋闷死了。至于努力挡得住失业挡不住,那就难说了。

我想——哼!我又想了!——我既能当上排长,就能当上队长,不又是个希望吗?这回我留了神,看人家怎作,我也怎作。人家要私钱,我也要,我别再为良心而坏了事;良心在这年月并不值钱。假若我在队上混个队长,连公带私,有几年的工夫,我不是又可以剩下个棺材本儿吗?我简直的没了大志向,只求腿脚能动便去劳动;多嗒动不了窝,好,能有个棺材把我装上,不至于教野狗们把我嚼了。我一眼看着天,一眼看着地。我对得起天,再求我能静静地躺在地下。并非我倚老卖老,我才五十来岁;不过,过去的努力既是那么白干一场,我怎能不把眼睛放低一些,只看着我将来的坟头呢！我心里是这么想，我的志愿既这么小，难道老天爷还不睁开点眼吗？

来家信，说我得了孙子。我要说我不喜欢，那简直不近人情。可是，我也必得说出来：喜欢完了，我心里凉了那么一下，不由得自言自语地嘀咕："哼！又来个小巡警吧！"一个作祖父的，按说，哪有给孙子说丧气话的，可是谁要是看过我前边所说的一大片，大概谁也会原谅我吧？有钱人家的儿女是希望，没钱人家的儿女是累赘；自己的肚中空虚，还能顾得子孙万代，和什么"忠厚传家久，诗书继世长"吗？

我的小烟袋锅儿里又有了烟叶，叼着烟袋，我咂摸着将来的事儿。有了孙子，我的责任还不止于剩个棺材本儿了；儿子还是三等警，怎能养家呢？我不管他们夫妇，还不管孙子吗？这教我心中忽然非常地乱，自己一年比一年地老，而家中的嘴越来越多，哪个嘴不得用窝窝头填上呢！我深深地打了几个嗝儿，胸中仿佛横着一口气。算了吧，我还是少思索吧，没头儿，说不尽！个人的寿数是有限的，困难可是世袭的呢！子子孙孙，万年永实用，窝窝头！

风雨要是都按着天气预测那么来，就无所谓狂风暴雨了。困难若是都按着咱们心中所思虑的一步一步慢慢地来，也就没有把人急疯了这一说了。我正盘算着孙子的事儿，我的儿子死了!

他还并没死在家里呀!我还得去运灵。

福海,自从成家以后,很知道要强。虽然他的本事有限,可是他懂得了怎样尽自己的力量去作事。我到盐务缉私队上来的时候,他很愿意和我一同来,相信在外边可以多一些发展的机会。我拦住了他,因为怕事情不稳,一下子再教父子同时失业,如何得了。可是,我前脚离开了家,他紧随着也上了威海卫。他在那里多挣两块钱。独自在外,多挣两块就和不多挣一样,可是穷人想要强,就往往只看见了钱,而不多合计合计。到那里,他就病了;舍不得吃药。及至他躺下了,药可也就没了用。

把灵运回来,我手中连一个钱也没有了。儿媳妇成了年轻的寡妇,带着个吃奶的小孩,我怎么办呢?我没法再出外去作事,在家乡我又连个三等巡警也当不上,我才五十岁,已走到了绝路。我羡慕福海,早早地死了,一闭眼三不知;假若他活到我这个岁数,至好也不过和我一样,多一半还许不如我呢!儿媳妇哭,哭得死去活来,我没有泪,哭不出来,我只能满屋里打转,偶尔地冷笑一声。

以前的力气都白卖了。现在我还得拿出全套的本事,去给小孩子找点粥吃。我去看守空房;我去帮着人家卖菜;我去作泥水匠的小工子活；我去给人家搬家……除了拉洋车，我什么都作过了。无论作什么，我还都卖着最大的力气，留着十分的小心。五十多了，我出的是二十岁的小伙子的力气，肚子里可是只有点稀粥与窝窝头，身上到冬天没有一件厚实的棉袄，我不求人白给点什么，还讲仗着力气与本事挣饭吃，豪横了一辈子，到死我还不能输这口气。时常我挨一天的饿，时常我没有煤上火，时常我找不到一撮儿烟叶，可是我决不说什么；我给公家卖过力气了，我对得住一切的人，我心里没毛病，还说什么呢？我等着饿死，死后必定没有棺材，儿媳妇和孙子也得跟着饿死，那只好就这样吧！谁教我是巡警呢！我的眼前时常发黑，我仿佛已摸到了死，哼！我还笑，笑我这一辈的聪明本事，笑这出奇不公平的世界，希望等我笑到末一声，这世界就换个样儿吧！

再读《我这一辈子》

关纪新

中篇《我这一辈子》,基本的艺术优势,就建筑在浑圆天成的自然表述上头,读起来,很像是在与一位饱经人世沧桑的老者促膝而坐,听他时而娓娓、时而愤愤地回忆如烟的往事。生活中的一切朴质和粗砺,辛酸和愁闷,均从极富老者个性的话语间,错杂涌出,形成其特有的文学感染力。这样一部平民小人物的"自传",不可能有大起大伏的情节波澜和疾雨狂风式的事件变幻。但是,它依赖第一人称的表述角度,本色当行的叙事路子,构建了受众跟讲述人相互的亲切感和信任度,欣赏者甘愿随着那平易的倾谈,去领略故事主人公一生走过的沟沟坎坎,品味他长期叠积在胸的酸甜苦辣。而小说里俗白到家的每一字每一句,不容怀疑地是出自老巡警之口,讲述人也没有一丝一毫要想开导谁教育谁的意思,他讲他的,你掂量你的,他的话落了地,你这边也差不多已经品出滋味了。老舍的白描，看似简单，却能产生这么强的艺术效力。

旧时代的警察，从政治归属上去看，是维护尚存社会制度的工具，这决定了他们总的社会形象挺糟糕，民众往往不喜欢他们，甚至躲避他们、厌恶他们。可是，不屑说，这支队伍里最下等的人员，全都必然出自社会上的贫寒阶层，就他们中绝大多数的个人来讲，"时运"也都是顶不济的。名作家老舍肯于给这样的人立传，写出他们原本纯朴的人性在外力碾压下产生的扭曲，写出他们为求温饱所承受的异样的痛苦艰辛。

《我这一辈子》，写的是一生习惯于笑傲浊世的老巡警，作者没让与主题不相干的插科打诨占得立锥之地，其中所有幽默，皆被涂上了一抹冷色，浸着血泪伴着泣咽呈现，叫人读来笑眉还未舒开，已得悟复杂艰涩的人生幽微。

捌

四世同堂

黄磊 朗读

黄　磊

Huang Lei

　　1971年出生于江西省。演员、导演、编剧、监制、制片、歌手、教师、乌镇戏剧节发起人/总监制。毕业于北京电影学院。

　　曾出演话剧《暗恋桃花源》《四世同堂》等，出演电影《边走边唱》《夜半歌声》《半生缘》等，出演电视剧《人间四月天》《橘子红了》《似水年华》《天一生水》等。曾荣获第1届亚洲彩虹奖最佳男喜剧演员、第7届和第10届金凤凰奖、第3届中国长春电影节最佳男配角奖、第21届和第23届上海电视节白玉兰奖最佳男演员提名、第10届中国华表奖最佳男演员提名。

《　老舍先生的《四世同堂》与我有着非常深厚的缘分。2007 年，我主演了第二版电视剧《四世同堂》的男主角祁瑞宣，也就是祁家的老大。2010 年，我又同样以祁瑞宣的身份出演了由田沁鑫导演的舞台剧。作为一名读者，一位艺术工作者，我看过很多老舍先生的作品，读过他的很多小说和剧本。上学时我还排练过老舍先生的作品，也给我的学生排练过包括《骆驼祥子》《茶馆》《龙须沟》等作。

老舍先生是我们心中伟大的艺术家，同时也是时代的见证者，是我们心头念念不忘的，觉得有愧于他的一位伟人。这次是老舍先生诞辰 120 周年，在这里，我给大家读《四世同堂》的第一章，我们一起来缅怀和追忆老舍先生，一起重新体味老舍先生的伟大作品，同时我们也一起带着悲悯之心，带着对世间的睿智活下去。》

2010 年版《四世同堂》剧照，黄磊饰祁瑞宣
图片提供：中国国家话剧院

四世同堂

——节选

祁老太爷什么也不怕,只怕庆不了八十大寿。在他的壮年,他亲眼看见八国联军怎样攻进北京城。后来,他看见了清朝的皇帝怎样退位,和接续不断的内战;一会儿九城的城门紧闭,枪声与炮声日夜不绝;一会儿城门开了,马路上又飞驰着得胜的军阀的高车大马。战争没有吓倒他,和平使他高兴。逢节他要过节,遇年他要祭祖,他是个安分守己的公民,只求消消停停地过着不至于愁吃愁穿的日子。即使赶上兵荒马乱,他也自有办法:最值得说的是他的家里老存着全家够吃三个月的粮食与咸菜。这样,即使炮弹在空中飞,兵在街上乱跑,他也会关上大门,再用装满石头的破缸顶上,便足以消灾避难。

为什么祁老太爷只预备三个月的粮食与咸菜呢?这是因为在他的心理上,他总以为北平是天底下最可靠的大城,不管有什么灾难，到三个月必定灾消难满，而后诸事大吉。北平的灾难恰似一个人免不了有些头疼脑热，过几天自然会好了的。不信，你看吧，祁老太爷会屈指算计：直皖战争有几个月？直奉战争又有好久？啊！听我的，咱们北平的灾难过不去三个月！

七七抗战那一年，祁老太爷已经七十五岁。对家务，他早已不再操心。他现在的重要工作是浇浇院中的盆花，说说老年间的故事，给笼中的小黄鸟添食换水，和携着重孙子孙女极慢极慢地去逛大街和护国寺。可是，芦沟桥的炮声一响，他老人家便没法不稍微操点心了，谁教他是四世同堂的老太爷呢。

儿子已经是过了五十岁的人，而儿媳的身体又老那么病病歪歪的，所以祁老太爷把长孙媳妇叫过来。老人家最喜欢长孙媳妇，因为第一，她已给祁家生了儿女，叫他老人家有了重孙子孙女；第二，她既会持家，又懂得规矩，一点也不像二孙媳妇那样把头发烫得烂鸡窝似的，看着心里就闹得慌；第三，儿子不常住在家里，媳妇又多病，所以事实上是长孙与长孙媳妇当家，而长孙终日在外教书，晚上还要预备功课与改卷子，那么一家十口的衣食茶水，与亲友邻居的庆吊交际，便差不多都由长孙媳妇一手操持了；这不是件很容易的事，所以老人天公地道地得偏疼点她。还有，老人自幼长在北平，耳习目染地和旗籍人学了许多规矩礼路：儿媳妇见了公公，当然要垂手侍立。可是，儿媳妇既是五十多岁的人，身上又经常地闹着点病；老人若不教她垂手侍立吧，便破坏了家规；教她立规矩吧，又于心不忍，所以不如干脆和长孙媳妇商议商议家中的大事。

祁老人的背虽然有点弯，可是全家还属他的身量最高。在壮年的时候，他到处都被叫作"祁大个子"。高身量，长脸，他本应当很有威严，可是他的眼睛太小，一笑便变成一条缝子，于是人们只看见他的高大的身躯，而觉不出什么特别可敬畏的地方来。到了老年，他倒变得好看了一些：黄暗的脸，雪白的须眉，眼角腮旁全皱出永远含笑的纹溜；小眼深深地藏在笑纹与白眉中，看去总是笑眯眯地显出和善；在他真发笑的时候，他的小眼放出一点点光，倒好像是有无限的智慧而不肯一下子全放出来似的。

把长孙媳妇叫来，老人用小胡梳轻轻地梳着白须，半天没有出声。老人在幼年只读过三本小书与六言杂字；少年与壮年吃尽苦处，独力置买了房子，成了家。他的儿子也只在私塾读过三年书，就去学徒；直到了孙辈，才受了风气的推移，而去入大学读书。现在，他是老太爷，可是他总觉得学问既不及儿子——儿子到如今还能背诵上下《论语》，而且写一笔被算命先生推奖的好字——更不及孙子，而很怕他们看不起他。因此，他对晚辈说话的时候总是先愣一会儿，表示自己很会思想。对长孙媳妇，他本来无须这样，因为她识字并不多，而且一天到晚嘴中不是叫孩子，便是谈论油盐酱醋。不过，日久天长，他已养成了这个习惯，也就只好教孙媳妇多站一会儿了。

长孙媳妇没入过学校，所以没有学名。出嫁以后，才由她的丈夫像赠送博士学位似的送给她一个名字——韵梅。韵梅两个字仿佛不甚走运，始终没能在祁家通行得开。公婆和老太爷自然没有喊她名字的习惯与必要，别人呢又觉得她只是个主妇，和"韵"与"梅"似乎都没多少关系。况且，老太爷以为"韵梅"和"运煤"既然同音，也就应该同一个意思，"好吗，她一天忙到晚，你们还忍心教她去运煤吗？"这样一来，连她的丈夫也不好意思叫她了，于是她除了"大嫂""妈妈"等应得的称呼外，便成了"小顺儿的妈"；小顺儿是她的小男孩。

小顺儿的妈长得不难看，中等身材，圆脸，两只又大又水灵的眼睛。她走路，说话，吃饭，作事，都是快的，可是快得并不发慌。她梳头洗脸擦粉也全是快的，所以有时候碰巧了把粉擦得很匀,她就好看一些;有时候没有擦匀,她就不大顺眼。当她没有把粉擦好而被人家嘲笑的时候,她仍旧一点也不发急,而随着人家笑自己。她是天生的好脾气。

祁老人把白须梳够,又用手掌轻轻擦了两把,才对小顺儿的妈说:

"咱们的粮食还有多少啊?"

小顺儿的妈的又大又水灵的眼很快地转动了两下,已经猜到老太爷的心意。很脆很快地,她回答:"还够吃三个月的呢!"

其实,家中的粮食并没有那么多。她不愿因说了实话,而惹起老人的啰嗦。对老人和儿童,她很会运用善意的欺骗。

"咸菜呢?"老人提出第二个重要事项来。

她回答得更快当:"也够吃的!干疙疸,老咸萝卜,全还有呢!"她知道,即使老人真的要亲自点验,她也能马上去买些来。

"好!"老人满意了。有了三个月的粮食与咸菜,就是天塌下来,祁家也会抵抗的。可是老人并不想就这么结束了关切,他必须给长孙媳妇说明白了其中的道理:"日本鬼子又闹事哪!哼!闹去吧!庚子年,八国联军打进了北京城,连皇上都跑了,也没把我的脑袋掰了去呀!八国都不行,单是几个日本小鬼还能有什么蹦儿?咱们这是宝地,多大的乱子也过不去三个月!咱们可也别太粗心大胆,起码得有窝头和咸菜吃!"

老人说一句,小顺儿的妈点一次头,或说一声"是"。老人的话,她已经听过起码有五十次,但是还当作新的听。老人一见有人欣赏自己的话,不由地提高了一点嗓音,以便增高感动的力量:

"你公公,别看他五十多了,论操持家务还差得多呢!你婆婆,简直是个病包儿,你跟她商量点事儿,她光会哼哼!这一家,我告诉你,就仗着你跟我!咱们俩要是不操心,一家子连裤子都穿不上!你信不信?"

小顺儿的妈不好意思说"信",也不好意思说"不信",只好低着眼皮笑了一下。

"瑞宣还没回来哪?"老人问。瑞宣是他的长孙。

"他今天有四五堂功课呢。"她回答。

"哼!开了炮,还不快快地回来!瑞丰和他的那个疯娘们呢?"老人问的是二孙和二孙媳妇——那个把头发烫成鸡窝似的妇人。

"他们俩——"她不知道怎样回答好。

"年轻轻的公母俩,老是蜜里调油,一时一刻也离不开,真也不怕人家笑话!"

小顺儿的妈笑了一下:"这早晚的年轻夫妻都是那个样儿!"

"我就看不下去!"老人斩钉截铁地说。"都是你婆婆宠得她!我没看见过,一个年轻轻的妇道一天老长在北海,东安市场和什么电影园来着?"

"我也说不上来!"她真说不上来,因为她几乎永远没有看电影去的机会。

"小三儿呢?"小三儿是瑞全,因为还没有结婚,所以老人还叫他小三儿;事实上,他已快在大学毕业了。

"老三带着妞子出去了。"妞子是小顺儿的妹妹。

"他怎么不上学呢?"

"老三刚才跟我讲了好大半天,说咱们要再不打日本,连北平都要保不住!"小顺儿的妈说得很快,可是也很清楚。"说的时候,他把脸都气红了,又是搓拳,又是磨掌的!我就直劝他,反正咱们姓祁的人没得罪东洋人,他们一定不能欺侮到咱们头上来!我是好意这么跟他说,好教他消消气;喝,哪知道他跟我瞪了眼,好像我和日本人串通一气似的!我不敢再言语了,他气哼哼地扯起妞子就出去了!您瞧,我招了谁啦？"

老人愣了一小会儿，然后感慨着说："我很不放心小三儿，怕他早晚要惹出祸来！"

正说到这里，院里小顺儿撒娇地喊着："爷爷！爷爷！你回来啦？给我买桃子来没有？怎么，没有？连一个也没有？爷爷你真没出息！"

小顺儿的妈在屋中答了言："顺儿！不准和爷爷讪脸！再胡说，我就打你去！"

小顺儿不再出声，爷爷走了进来。小顺儿的妈赶紧去倒茶。爷爷（祁天佑）是位五十多岁的黑胡子小老头儿。中等身材，相当的富态，圆脸，重眉毛，大眼睛，头发和胡子都很重很黑，很配作个体面的铺店的掌柜的——事实上，他现在确是一家三间门面的布铺掌柜。他的脚步很重，每走一步，他的脸上的肉就颤动一下。作惯了生意，他的脸上永远是一团和气，鼻子上几乎老拧起一旋笑纹。今天，他的神气可有些不对。他还要勉强地笑，可是眼睛里并没有笑时那点光，鼻子上的一旋笑纹也好像不能拧紧；笑的时候，他几乎不敢大大方方地抬起头来。

"怎样？老大！"祁老太爷用手指轻轻地抓着白胡子，就手儿看了看儿子的黑胡子，心中不知怎的有点不安似的。

黑胡子小老头很不自然地坐下,好像白胡子老头给了他一些什么精神上的压迫。看了父亲一眼,他低下头去,低声地说:

"时局不大好呢!"

"打得起来吗?"小顺儿的妈以长媳的资格大胆地问。

"人心很不安呢!"

祁老人慢慢地立起来:"小顺儿的妈,把顶大门的破缸预备好!"

再读《四世同堂》

关纪新

中国新文化推行的两大任务，便是民族救亡与文化启蒙。老舍在抗战期间的诸多作品，都是兼及这两个目标的。

文学巨作《四世同堂》一开篇，即描写了祁老人与其孙子媳妇韵梅的一番对话。他们是平朴良善、酷爱和平的北平人的代表，但是，他们却对世上存在着战争危害和侵略狂人茫然无知。祖国东北已沦丧了好几年，日本人又把战火烧向了京畿卢沟桥畔，小羊圈胡同的老住户们，还是没能从太平岁月的懵懂感觉中走出来。祁老人和韵梅，就是两个怎么也弄不清楚侵略者为什么要平白无故闯进自己家园的人。韵梅讲："我就不明白日本鬼子要干什么！咱们管保谁也没得罪过他们，大家伙平平安安地过日子，不比拿刀动杖的强？我猜呀，日本鬼子准是天生地好找别扭，您说是不是？"老人凭他一生的经验，做出了比孙子媳妇并不高明的回答："自从我小时候，咱们就受小日本的欺侮，我简直想不出道理来！得啦，就盼着这一回别把事情闹大了！日本人爱占小便宜，说不定这回是看上了卢沟桥！"他想，只要把芦沟桥上没用的石头狮子送给侵略军一些，事态便会平息。在"首善之区"住久了住惯了的市民，傻到连外敌侵略到底是咋回事，都找不到答案，就更不用说还会有什么奋起反击的意识了。他们从一开头就幻想着"别把事情闹大了"，而凭着陈年的老办法，应付战乱的全部准备，也不过是"用装满石头的破缸顶上大门"，再"存上三个月的粮食和咸菜"。消极避祸，息事宁人，出自古国传统的人生哲学，中国人的老祖宗们，几千年来差不多就是这么窝窝囊囊地做下来了的。人们求稳，畏乱，哪怕祸患骤然出现，也不具备辨认其根源与本质的能力。他们势所必然地，要将命运交与"莫须有"的上苍……

老舍对故土的爱戴世所皆知。然而，他居然在自己最用心撰写的这部作品里，写出了如此冷酷的事实——"北平人倒有百分之九十九是不抵抗的"，此中的忧伤与愤懑岂能不引发读者的震惊！《四世同堂》的作者大约是噙着泪水，在诉说，在发问："这个文化也许很不错，但是它有显然的缺陷，就是，它很容易受暴徒的蹂躏，以至于灭亡。会引来灭亡的，不论是什么东西或道理，总是该及时矫正的。北平已经亡了，矫正是否来得及呢？"

编后记

今天，我们完成了一个心愿

《爱听老舍：名家朗读珍藏版》终于面世了，这本有声书的出版缘起于舒济先生多年来的一个心愿。2018年早春的一天，在老舍故居丹柿小院举办的我社有声图书《骆驼祥子》首发式上，舒济先生表达了邀请一些老艺术家来重新录制并出版一本老舍作品朗读集的愿望。她说，朗读和聆听是深度理解和传承老舍作品的"更好方式"。张宇清社长当即接受了这个使命。2019年恰逢老舍先生诞辰120周年，您手中的这本朗读集，是献给纪念日最好的礼物。

老舍先生的长女舒济先生亲自推荐了朗读本书的八位艺术家，并拟定所选篇目。这八位艺术家中，有三位年高鲐背的"90后"（郑榕、蓝天野、李滨）、一位已过耄耋的"80后"（雷恪生）艺界泰斗，他们与老舍先生的艺术之缘甚远甚深。斯琴高娃、濮存昕、方旭、黄磊的艺术生命也是备受老舍其人其作之滋养。八位艺术家在接到我社的录制邀约时，全都毫不犹豫地应允了。

经过一年多繁复的排期、录制、出版工作，呈现于您眼前的这本有声读物，传达出老舍先生与这八位朗诵者在心灵、情感、艺术上的共振和鸣，传承着中华优秀文化的老精神和新魅力。老舍先生的在天之灵，定得欣慰；海内外中华子孙的文化情怀，亦可重受洗礼。这正是我们作为出版工作者的初心。

我们要感谢本书的策划者舒济先生。她的文化使命感、智慧及幽默感与老舍先生一脉相承，86岁高龄仍不遗余力地为推广老舍作品而奔忙。在本书制作出版的所有关键节点，舒先生都给了我们极大的帮助和鼓励。

我们要感谢郑榕老师。因为忙着赶工30万字的书稿，腿脚又不方便，95岁的郑老让我们把录音设备搬进了家里。15年前郑老曾在一次公开活动中背诵过《断魂枪》，见到我们，郑老就一再表示歉意，因为年事已高，实在记不住《断魂枪》原文了，这次只能照着稿子朗读，而在他看来，这样会消减作品表现力，生怕"对不起老舍和读者"。在录制开场白前，郑老还拿出一个本子，仔细核对自己和老舍先生交往以及演出老舍剧目的日期。尽管这次不是背诵，郑老的演绎仍然不输当年。

我们要感谢蓝天野老师。在照顾病重住院的夫人狄辛女士期间，还挤出时间来录音。92岁的蓝老早早儿就将《想北平》的电子稿打印出来，在家练习揣摩了多遍。正式录制时，他一气呵成，读到最后一句"好，不再说了吧；要落泪了，真想念北平呀！"，蓝老动情的朗读几乎使在场的所有人落泪。

我们要感谢李滨老师。因为正赶上盛夏录制，而录音间里温度很低，90岁的李老师腿部不能受寒，不得不带着一身冬装过来工作。在现场，李老师深情回忆起1966年春天和老舍先生最后一次见面时的情形，一下子让老舍先生的音容笑貌如在大家眼前。

我们要感谢雷恪生老师。雷老的录制时间，是他从全国话剧巡演的排期中抢出来的。他说，录老舍先生的作品，又是"给老舍先生过诞辰"，再忙也要来。我们发现，不论是一台两个小时的话剧演出，还是三千字的作品朗读，雷老的前期准备都同样认真。他在打印稿上给每一个字都标上了各式符号，考虑到读者听和看的不同体验，还给多处文字做了相应的微调。在外演出的路上，他还带着文稿反复练习，一字一字地推敲、琢磨。83岁的雷老至今仍在使用老款诺基亚手机。他说，现在的智能手机"信息太多，水分太大"。

我们要感谢斯琴高娃老师。高娃老师接受邀约后大半年的时间都在外地拍戏，一直随身带着《月牙儿》的打印文稿，有空了就琢磨，因为原作篇幅太长，她还利用拍戏间隙将《月牙儿》删减为 30 分钟的朗读版本。她太爱《月牙儿》这部作品了，以至于试读时，多次久久不能从那悲怆的状态中缓过劲来。正式录音前，她一字一字地和编辑对稿，确认情绪状态，就像是要登上大舞台一般紧张，因为她特别在意对老舍作品的每一次演绎，尤其是《月牙儿》。

我们要感谢濮存昕老师。他在前期经过了长时间的准备，直到找到最佳表达方式之后才肯来录制。录制的过程中，他也是每一字、每一句都反复地琢磨、调整。濮老师说："每每读到那些台词，每每在台上表演，我都发自肺腑地与老舍先生的精神世界以及他所写下的角色的精神世界融在了一起。"

我们要感谢方旭老师。过去九年来，他一直全心全意地投身于老舍作品的再创作与传播工作，曾在首都剧场等地演出过 66 场自己改编的《我这一辈子》。这是一出长达 100 分钟的独角戏，有着近两万字的台词，每一场演出都是高难度的艺术呈现。在录制本书内容时，虽然原作与戏本台词时不时地"较着劲"，但这何尝不是老舍先生与年轻一代艺术家的某种隔空切磋呢？

我们要感谢黄磊先生。不论是出演《四世同堂》话剧和电视剧里的祁瑞宣，还是这本朗读集里的祁老爷子，黄老师的演绎都同样打动人心。他说，老舍的作品常常会感动着他，激励着他，带给他许多的艺术灵感，也是他经常用来给学生授课、排练的范本。

我们还要感谢中国老舍研究会前任会长、著名学者关纪新先生。他专门给本书的每一篇朗读文本撰写了非常深入、优美而深情的解读。

我们还要感谢本书的录制合作伙伴。她们是中央广播电视总台央广综艺中心副主任赵薇女士、央广娱乐节目部副主任付淳女士和央广《纪实春秋》栏目责任编辑周彬女士。她们为传承文化精华而不懈努力的奉献精神，以及超强的业务水平，保证了本书音频部分的专业水准。

我们还要感谢老舍纪念馆为本书提供了相关资料和照片，馆长王红英女士给予我们的宝贵支持。

愿人民艺术家老舍的经典作品伴随着表演艺术家们的珍贵声音永久流传，生生不息。

中国国际广播出版社
2019 年 8 月